国家出版基金项目
NATIONAL PUBLICATION FOUNDATION

★ 科学的天街丛书

智慧铸铧犁

丛书主编/陈 梅　陈仁政

本书编著/陈仕达

——科学创新故事

四川科学技术出版社

图书在版编目（CIP）数据

智慧铸铧犁：科学创新故事／陈仕达编著. -- 成都：
四川科学技术出版社，2019.1（2024.12重印）

（科学的天街／陈梅　陈仁政主编）

ISBN 978-7-5364-9356-8

Ⅰ．①智… Ⅱ．①陈… Ⅲ．①科学故事－作品集－中
国－当代 Ⅳ．①I247.81

中国版本图书馆 CIP 数据核字（2019）第 018925 号

智慧铸铧犁——科学创新故事

ZHIHUI ZHU HUALI——KEXUE CHUANGXIN GUSHI

丛书主编　陈　梅　陈仁政

本书编著　陈仕达

出 品 人　程佳月

选题策划　肖　伊　陈敦和　郑　尧

责任编辑　王　娇

营销策划　程东宇　李　卫

封面设计　小月艺工坊

责任出版　欧晓春

出版发行　四川科学技术出版社

成品尺寸　**160mm × 240mm**

印　　张　**14.75　字数200千**

印　　刷　天津旭丰源印刷有限公司

版　　次　2019 年 1 月第 1 版

印　　次　2024 年 12 月第 4 次印刷

定　　价　**49.80 元**

ISBN 978-7-5364-9356-8

邮购：成都市锦江区三色路 238 号新华之星 A 座 25 层　邮政编码：610023

电话：028-86361770

目　　录

地球"小"、月球"近"

——"难事"并非难事

"太阳刚刚爬上山岗,尼罗河水闪金光,家乡美丽的土地上,劳动的人们在歌唱。忘掉你的忧愁和悲伤,唱起美好的希望,用劳动的汗水和歌声,迎接丰收的好时光,啊……"

这是《尼罗河畔的歌声》——一首优美欢快的埃及民歌。

我们就随着这荡气回肠的歌声,回走到距今2 000年前吧。

公元前200多年,一个人徒步沿着世界上最长的江河——风景如画的尼罗河向上游走去。用了20多天时间,经过八九百千米的艰难跋涉,他终于到达现在的阿斯旺水坝附近的辛尼小镇……

这个人是谁?他为什么要冲破云山阻隔,历尽千难万险到异地他乡的小镇去呢?

公元前332年,古希腊北部的马其顿王国的亚历山大(公元前356—前323)征服了埃及。为了庆祝这个胜利,他在当时叫"圣河"的尼罗河河口处,建立了以他的名字命名的亚历山大城。这座城很快成为世界文化中心,这里有当时世界第一流的大学、博物馆、图书馆……

尼罗河弯弯,向北流入地中海

古希腊地理学家埃拉托色尼(约公元前275—前194)就是亚历山大图书馆的管理员(后来担任馆长)。大约在公元前240年的一天,他在亚历山大图书馆查找资料。虽然想找的资料没有找到，但他却在一份文献上看到这样一个记载：亚历山大城南面有个叫辛尼的小镇，每年"夏至"这天中午，阳光能直射到很深的井底。他从未听说过这样的奇特现象，于是产生了极大兴趣。

埃拉托色尼

阳光为什么能直射到很深的井底呢？为了揭示其中的奥秘，埃拉托色尼决定亲自去看一看。

埃拉托色尼到达辛尼的第三天正是夏至。那天中午，艳阳高悬天顶，深井里映出它的影子，地上的长竿直立炎阳之下而不见阴影，房屋也没有影子……

这些现象说明什么问题呢？埃拉托色尼思索着。"这些现象说明这一天射来的阳光垂直于地平面"——他终于得出了正确答案。

"既然可视为平行光线的阳光垂直于地面，那就说明光线的方向是射向地心的，而几乎在同一条子午线上的亚历山大城却没有这种现象，说明亚历山大城夏至中午的太阳光线与垂直线有偏差。那么，这个偏差有多大呢？"带着这个问题，埃拉托色尼又回到亚历山大城。

第二年夏至中午，埃拉托色尼对亚历山大城内的柱影进行了测量，发现柱影为柱子长度的 12.6%。由此，可以算得太阳光线偏离竖直方向 7.2°。这时，一个计算地球圆周的方法在他心中产生了。

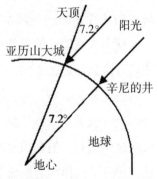

埃拉托色尼测量地球的大小

亚历山大城垂直方向与太阳光线之间的夹角为 7.2°，这个角度显然与两城垂直方向的夹角相等，即右图中圆心角也是 7.2°。显然，此时如果知道两城之间的"直线"（实际是沿大圆的弧）长度，那么地球的周长就算出来了。

埃拉托色尼从商队经过两地所花的时间，算出两城之间距离约 5

000 斯台地亚（古埃及的一种长度单位，1 斯台地亚≈0.16 千米）。这样，地球的圆周就是大约 5 000 斯台地亚×（360/7.2），即大约折合为 39 816 千米。由此可算得地球半径约 6 340 千米。

张遂

现在，我们知道地球的最大圆周赤道圈的长度大约是 40 075.704 千米，最小圆周子午圈长约 40 008.548 千米。显然，这些数据与 2 000 多年前埃拉托色尼得到的地球周长相差无几，这不能不说明埃拉托色尼创新方法的巧妙。

世界上第一次子午线长度的实测，是在中国著名天文学家、佛学家张遂（又名僧一行或一行，683—727）的主持下，从唐朝开元十二年即 724 年起开始的。他得出的 1°的圆心角所对应的子午线长度为 129.2 千米，和现代值 111.2 千米的误差仅约 13.9%。这次实测，被英国科学史家李约瑟（1900—1995）誉为"科学史上划时代的创举"。

埃拉托色尼作为世界上第一个以科学而简单的妙法测量地球周长的人，被载入科学史册。他测算的准确度，直到 1617 年才被荷兰科学家斯涅尔超过。

不过，话得说回来，古埃拉托色尼能得到那么准确的数值也含有一定的巧合成分。这是因为他使用的两城之间的距离 5 000 斯台地亚，并不是实测的准确结果，而是根据商队行走的时间、速度来估算的。很显然，这种估算是不准确的。由不准确的估算和巧妙的计算得到的结果却是比较准确的，这就有明显的巧合成分了。

在埃拉托色尼之后，古希腊哲学家波希多尼也根据类似的方法，利用老人星在罗德岛与亚历山大的高度差及两地的大致距离，计算出了地球子午线的长度，但由他的数值算出来的地球半径却只有 4 600 千米。有趣的是，后来的一些学者和航海家却一直相信这个较小的值，而不相信埃拉托色尼较大的值。直到著名的葡萄牙航海家、探险家麦哲伦所率船队在完成环球一周航行之后，才证实了埃拉托色尼的值更准确。

埃拉托色尼是一位多才的科学家，他在众
多方面获得了光辉的成就。他发明的求素数的
"埃拉托色尼筛法"应用至今。

显然，埃拉托色尼测地球用的是间接测
量法。

有人说埃拉托色尼测"身边的庞然大物"
地球，已是间接测量法的杰作，其实间接测量

希帕恰斯

法还有更加精彩绝伦的实例——出生在比提尼亚（Bithynia）的小镇尼
西亚（Nicaea）的古希腊伟大的天文学家、地理学家和数学家希帕恰
斯（约公元前190—约前125）测"地月距"。尼西亚现在是土耳其布
尔萨省行政区域内的一座城市，名叫伊兹尼克（Iznik）。

希帕恰斯假设一个
人站在赤道 A 处看到月
亮恰好在他头顶上方的 C
处，另一个人站在赤道 B

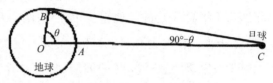

希帕恰斯测"地月距"

处则看到月亮刚刚升起。这时 BC 和圆 O 相切，构成了 RT△OBC，AB
弧所对圆心角 θ 恰为两地的经度。希帕恰斯测得θ = 89.062 5°，他利用
自己编制的世界第一张正弦函数值表计算，得到

$$\sin(90° - \theta) = OB/OC,$$

所以

$$OC = OB/\cos\theta = 6\,340/\cos 89.062\,5° \approx 3.86 \times 10^5 \text{（千米）}$$

这里的 6 340 千米是此前已知的地球半径的约值，38.6 万千米与
实际平均距离 38 万千米相差不大。

看来，如果说埃拉托色尼测"望不到边际"的地球是"小菜一
碟"的话，那么希帕恰斯测"地月距"，就是一顿"饕餮大餐"了！

"为国争光" 得奖赏
——韦达妙解 45 次方程

"我国数学家罗曼纽斯的一个关于 45 次方程的求根问题，法国还没有一个数学家能解决。"

16 世纪末的一天，比利时驻法国的大使（一说特使）向法国国王（1589—1610 在位）亨利四世（1553—1610）这样夸下海口，发出挑战。

原来，在 1593 年，比利时数学家罗曼纽斯（1561—1615）求出了当时很了不起的、精确到小数点后 15 位的 π 值，深受国王的推崇，国民也深感自豪和骄傲。于是有了上面比利时大使的挑战。罗曼纽斯后来还因算出圆周率小数点之后 17 位而闻名于世。

比利时大使提到的这个方程是罗曼纽斯于 1593 年在他的《数学思想》一书中提出的一道难题。这个方程是

$$45x - 3\ 795x^3 + 95\ 634x^5 - 1\ 138\ 500x^7 + \cdots - 740\ 259x^{35} + 111\ 150x^{37} - 12\ 300x^{39} + 945x^{41} - 45x^{43} + x^{45} = A。$$

面对这一挑战，亨利四世决定在国内找数学家解决这一问题，以长国威。然而，找了不少数学家，都没能找到答案。国王深受打击，为此消沉不语。

不过，法兰西人绝不会轻易服输，于是亨利四世后又召见了本国的数学家韦达（1540—1603），让他求解这个 45 次方程。

"一个相当简单的问题，我马上就能给出正确的答案。"韦达看过

这个方程后，就这样向国王说。

韦达真的能给出正确的答案吗？

真的。

原来，韦达看出这个方程与单位圆中心角为 $2\pi/45$ 的弧所对的弦有密切的关系，于是用三角学知识，几分钟之后就用铅笔写出了一个答案。第二天，他就找到了方程的 23 个正根——当时人们不承认负根，因为认为负的正弦值难以理解。

韦达

亨利四世见到了答案，高兴地说道："韦达是我国乃至全世界最伟大的数学家。"接着就赏给韦达 500 法郎。

两年以后的 1595 年，韦达发表论文公开了他的解答方法。他根据 $45 = 3 \times 3 \times 5$，先把一个角 5 等分，再把每一份 3 等分两次，使之分别和 5 次方程、3 次方程对应，那么，那个 45 次方程就可以用下面的方程求解了。

先用 $3y - y^3 = A$ 的根 y 求 t：$3t - t^3 = y$；再根据 $5x - 5x^3 + x^5 = t$ 得到要求的根。设 $A = 2\sin\varphi$，就得到 $x = 2\sin(\varphi/45)$，当然，他在求解过程中还遇到了用 $\sin\theta$ 表示 $\sin(n\theta)$ 的问题，但都被他解决了。

"来而不往非礼也"。不久以后，韦达也向罗曼纽斯挑战：看谁能求解"作一圆与三个给定圆相切的问题"。这个问题是古希腊数学家阿波罗尼奥斯（约公元前 295—前 215）提出来的。罗曼纽斯以欧几里得几何为工具，但没有解出，而韦达则解出来了。

当罗曼纽斯得知韦达的天才解法之后，十分敬佩。他长途跋涉到丰特内专程拜访了韦达，从此他们结下了亲密的友谊。这也是数学史上的一段佳话。

的确，韦达不仅是法国著名的数学家，也是数学史上杰出的数学家之一。在数学上，韦达在三角学、符号代数、方程论、几何学等方面都有许多重大贡献。

韦达留给我们的格言有"没有不能解决的问题"。也许，就是这种坚定的信念产生的创新精神，使他解决了当时的那个 45 次方程的"世界难题"。

欧拉巧用"类比"
——伯努利级数面前的创新

瑞士数学家雅科布·伯努利（1654—1705）是当年著名的伯努利数学家族中的佼佼者。他对无穷级数很有研究，也求出过一些无穷级数的和，然而，$\frac{1}{1^2}+\frac{1}{2^2}+\frac{1}{3^2}\cdots$虽被称为伯努利级数，可伯努利对这个级数的求和问题却一筹莫展。他声称，如果谁能求出这个无穷级数的和并把方法告诉他，他将非常感激，但伯努利一直未能如愿以偿，直至生命的终结。

伯努利

伯努利死后两年，欧拉出生了，他求得这个和为 $\pi^2/6$。

欧拉是用什么方法求得这个和的呢？

欧拉设 $2n$ 次代数方程 $b_0-b_1x^2+b_2x^4-\cdots+(-1)^n b_n x^{2n}=0$ 的 $2n$ 个不同的根是：$\pm\beta_1$，$\pm\beta_2$，$\cdots$，$\pm\beta_n$。

我们知道，两个代数方程如果有相同的根，而且常数项相等，那么其他项的系数也应分别相等，所以有

$$b_0-b_1x^2+b_2x^4-\cdots+(-1)^n b_n x^{2n}=b_0(1-x^2/\beta_1^2)(1-x^2/\beta_2^2)\cdots(1-x^2/\beta_n^2)\quad\cdots\cdots\cdots\cdots(1)$$

比较上式等号两边 x^2 的系数，就得到方程

$$b_1=b_0(1/\beta_1^2+1/\beta_2^2+\cdots+1/\beta_n^2)\quad\cdots\cdots\cdots\cdots(2)$$

现在，考虑三角方程 $\sin x=0$，它有无穷多个根：0，$\pm\pi$，$\pm2\pi\cdots$。

把 $\sin x$ 展开为级数后的方程两边除以 x，就得到方程

$$1 - x^2/3! + x^4/5! - x^6/7! + \cdots = 0 \quad\cdots\cdots\cdots\cdots \text{（3）}$$

显然，（3）的根是：$\pm\pi$，$\pm 2\pi\cdots$。

本来，（3）的左方有无穷多项，也不是代数方程，明显与（1）不同，但欧拉不管这些，硬拿（3）与（1）来做类比，并对（3）运用（2），就得到 $1/3! = 1/\pi^2 + 1/(2\pi)^2 + 1/(3\pi)^2 + \cdots$

这个式子就是有名的 $\pi^2/6 = 1 + 1/2^2 + 1/3^2 + \cdots$

这样，欧拉就解决了"伯努利难题"。他的结果刊登在 1734 年的一篇文章中。

从以上可以看出，类比推理的基本过程是 5 个：确定研究对象；寻找类比对象；将研究对象和类比对象进行比较，找出它们之间的相似关系；根据研究对象的已知信息，对相似关系进行重新处理；将类比对象的有关知识类推到研究对象上。

将这 5 个过程综合起来，就得到了右边类比推理的动态结构图。

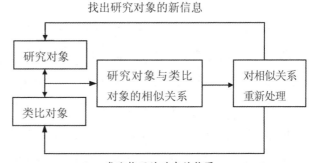

类比推理的动态结构图

欧拉的类比虽然巧妙、大胆，但却有失严密。因为虽然"一元 n 次方程有 n 个根"是成立的，但没有"一元无限次方程有无限个根"这个定理，更不知道一元无限次方程的根与系数的关系；因此一些人指责他上述将有限项方程过渡到无限项方程缺乏可靠的逻辑依据。这正是"常恨时人新意少，木秀于林又招风"。

欧拉自己也认识到这一点，因此，他不为求得答案而满足，而是采用其他方法继续研究，以回答这些人对他的诘难。欧拉最终找到了求该级数和的严格方法，并发表在他的大作《无穷分析引论》之中，这本书于 1748 年在瑞士洛桑出版。

欧拉通过有失严格但却巧妙、大胆的类比，得到了正确的结论。从这件事中，我们可以得到以下有益的启示：

在科学研究中，不能囿于现成的"严格"理论而裹足不前，不敢越雷池一步进行创新，否则就会错过碰到鼻子尖的真理而一事无成。

挪威数学家阿贝尔（1802—1829）在1826年写道："在数学中几乎没有一个无穷级数是以严格的方式确定出来的。"我们要敢于冲破"有限"，直取"无穷"，进而得到真理。如果事事要有依据，墨守原有理论，就不可能走得更远。这正如英国数学家拉姆（1849—1934）那广为流传的名言所说："一个非亲自检查桥梁每一部分的坚固性而不过桥的旅行者，是不可能远行的。冒险尝试是必要的，在数学领域也应如此。"中国数学家王梓坤（1929—　）也深谙此道："在科学研究中，不仅需要严格，而且还需要'不严格'……"

事实上，在科学史中从"不严格"出发得出"严格"的例子不止一个。

在17世纪下半叶，牛顿和莱布尼茨发明微积分理论的时候，使用了"不严格"的"无穷小"。他们将无穷小"招之即来，挥之即去"的做法并不严格，因而遭到许多人的反对，但这并不影响微积分理论的正确性。19世纪下半叶，人们终于用严格的极限理论代替了无穷小，使微积分理论建立在可靠的基础之上，达到了微积分理论的"严格"。

欧拉

对于欧拉的创新，我们不妨借英国哲学家弗兰西斯·培根（1561—1626）的一句话来赞赏："推理建立起来的公理不足以产生新的发现，因为自然界的奥秘远胜过推理的奥秘。"

科学的活水，永远在创新的河床上奔流……

删繁就简 "通向自由"
——欧拉与 "七桥问题"

"月上柳梢头" 了，一些青年——来自哥尼斯堡的大学生们依然在哥尼斯堡的大桥上徘徊，而且经常流连忘返。他们 "人约黄昏后"，为的是什么？

位于东欧普雷格尔河的入海口附近、立陶宛之西的哥尼斯堡（现为加里宁格勒）被市民们称为 "通向自由的大门"，是13世纪中叶由条顿骑士团修建的城堡，后来成为东普鲁士首都，它也是当时著名的大学城。第二次世界大战

昔日的哥尼斯堡，后来的加里宁格勒

后，哥尼斯堡划归苏联，改名叫加里宁格勒。普雷格尔河的两条支流——旧河和新河，在这里汇合，然后向北奔向蓝色的波罗的海。河心的克奈发夫小岛上，矗立着壮丽的哥尼斯堡大教堂，著名的哥尼斯堡大学也在这个岛上，本地出生的著名德国哲学家康德（1724—1804）也安息在这里。整个哥尼斯堡被河水分隔成了4块，7座建筑风格各异的桥是连接它们的纽带（图1）。

一天又一天，这7座桥上走过了无数的行人。18世纪初，一个有趣的问题在居民中传开了：一个旅游者在这里逍遥漫步时，能否经过所有这7座桥且每座桥都只经过一次？

这个饶有趣味的题目，吸引了许多人——从活泼好动的孩子到脚力不济的老人，从哥尼斯堡的大学生到著

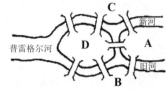

图1　哥尼斯堡4块7桥；左：在城中的位置（强调河与桥梁），右：等效路线

名的专家学者，他们都兴趣盎然地探讨着各种方案。于是，有了前面的"大桥上徘徊"的大学生们。

可是，把全城人的智慧都加在一起，也没有找出一条合适的路线。哥尼斯堡的"七桥问题"，竟成了一道著名的难题。

终于，在1736年，一筹莫展的哥尼斯堡的大学生们想到了一个人，他们决定写信去请教。就这样，这个难题摆到了29岁的圣彼得堡科学院的欧拉（1707—1783）教授面前。

瑞士的欧拉怎么会跑到俄国去呢？

欧拉出生在瑞士风景秀丽的巴塞尔城，从小就表现出了数学天赋。一天，他的爸爸老欧拉决定扩展家里的羊圈，多养点羊，可眼下缺少篱笆，老欧拉发愁了。小欧拉却拿定了主意："篱笆是够的。您看，旧羊圈长70码（1码合0.9144米），宽30码，面积2100平方码。如果改成50码见方的新羊圈，不用添篱笆，羊圈就扩大了400平方码。"

当然，对我们来说，小欧拉的这个"发现"并不稀奇——在所有周长相同的矩形中，正方形的面积比其他矩形面积都大。但小孩子能敏锐地发现这一点，并不容易，所以，我们就很容易理解，巴塞尔大学竟然同意让13岁的欧拉进校读书。在受到老师约翰·伯努利（1667—1748）的重点培养之后，欧拉成了巴塞尔大学的历史上头一个仅17岁就获得数学硕士学位的学生。约翰·伯努利还让这个自己最得意的门生留校，担任自己的助教。

1727年，经约翰·伯努利的儿子、瑞士数学家丹尼尔·伯努利（1700—1782）推荐，欧拉应俄国女皇叶卡捷琳娜一世（1684—1727）

的聘请，当上了圣彼得堡科学院的院士，担任了丹尼尔·伯努利的助手，为俄国测绘地形图、编制天文数据表、拟定度量衡的国家标准和编纂数学教科书等。

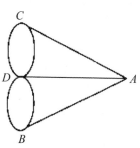

图2 "七桥问题"简化为"一笔画问题"

欧拉接到哥尼斯堡大学生们的信之后，并没有去"现场办公"，因为他知道，即使他把所有可能的路线都走一遍，也无济于事；更何况这些路线多达5 040条——每天走两条也需要近7年！他首先思考的是，既然要找一条不用重复就能经过7座桥的路线，而4块陆地无非是桥梁的连接点，那么，不妨把4块陆地看作是4个点，把7座桥画成7条线。"七桥问题"就简化为能否一笔画出这7条线段和4个交点组成的几何图形的问题了（图2）。

接下来，欧拉运用"一笔画"定理为判断准则，几天就判断出要一次不重复地走遍哥尼斯堡的7座桥是不可能的！

欧拉是这样推理的。只画一条线的时候，一定只有一个起点和一个终点。如果回到起点，就是封闭图形，这时起点和终点就是一个偶数点（偶数条线的交点）；如果不回到起点，就是开放图形，这时起点和终点处的线均是奇数条——起点一条，终点一条。也就是说，能一笔画出的图形，要么是只有偶数点的封闭图形，要么是只有两个奇数点（奇数条线的交点）的开放图形——这就是一笔画定理。

那么，"七桥问题"为什么没有解呢？推而广之，如何判定这类"一笔画"问题何时有解，何时又没有解呢？

下面我们把有奇数条线（线段或曲线）相交的点，叫作"奇线结"，把有偶数条线相交的点，叫作"偶线结"。

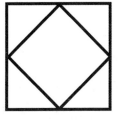

图3 只有偶线结的图都能一笔画

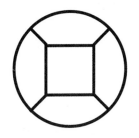

图4 要4笔才能画成的"古钱币"图

这样，就可以判定任何"一笔画"问题有没有解了：只有偶线结（不管偶线结有多少）的图形，都能"一笔画"——例如有 8 个偶线结的图 3；有奇线结的图（图中有或没有偶线结），每两个奇线结要用一笔才能画成，每 4 个奇线结要用两笔才能画成，以此类推——例如有 8 个奇线结的图 4，要 4 笔才能画成。

用上面的判定方法，我们可以看到，图 2 的"七桥"，有 4 个奇线结——A、B、C、D，所以要两笔才能画成。这就是前面所说的，"一次不重复地走遍哥尼斯堡的 7 座桥是不可能的"。

为了纪念欧拉，后人把能够一笔不重复画出的线路叫作"欧拉路"，把判定欧拉路的定理称为"欧拉定理"。

欧拉的上述考虑重要而巧妙，它表明了数学家处理实际问题的独特之处——首先把一个实际问题抽象成合适的"数学模型"，然后再进行逻辑推理而得到答案。这种研究方法就是"数学模型方法"（图 5）。这并不需要运用多么深奥的理论，但却常是解决难题的关键。

1736 年，欧拉在交给圣彼得堡科学院的《哥尼斯堡 7 座桥》的论文中，阐述了他解决这类问题的方法。为了说明如何快速找到这类

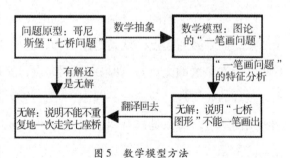

图 5　数学模型方法

问题的答案，欧拉还在论文中设计了一个"15 座桥问题"。他的论文，成了图论历史上第一篇重要的文献，成为后来的数学新分支——拓扑学的萌芽，并引发了后来网络理论的研究。

1750 年，欧拉又发现了多面体的面数（F）、顶点数（V）和棱数（E）三者关系的"欧拉拓扑定理"：$F + V - E = 2$。

这类几何问题——拓扑学问题，和传统的欧几里得几何学不同，它不考虑量的大小，只有相对位置和顺序的问题，所以又叫"位置几何学"，或更通俗的"橡皮几何学"。

到了 19 世纪末，法国数学家庞加莱（1854—1912）系统地研究了拓扑学，并奠定了它的基础。后来，拓扑学又有了更细小的分支：点集拓扑学、组合拓扑学……

欧拉的巧解，也可以用删繁就简来说明：删去与问题本质无关的一切信息，仅保留用 4 个"点"来代表的 4 块地和用 7 条"线"来代表的 7 座桥。经过这"删繁就简三秋树"之后，问题也就迎刃而解了。

对于欧拉的这类创新，美国营销专家盖伊·川崎（1954—　）和米凯莱·莫雷诺在《创新的法则》一书中有这样的论述：有时候一个问题的范围和复杂性都显得太大，尤其是当你想要有所创新的话，简直不知从何处着手；解决问题的办法就是把问题先切成小块，然后针对其中关键性的和从未解决过的几点来攻关。

从"9+9"到"1+2"
——在通往"1+1"的道路上

1742年，是一个数学家们至今仍难以忘怀的年头。

这一年的6月7日，德国数学家哥德巴赫（1690—1764）给当时住在彼得堡的瑞士数学家欧拉（1707—1783）写了一封信。哥德巴赫在信中猜想说：每一个大于5的偶数都是两个奇素数的和——通常称为"偶素数哥德巴赫猜想"；每个大于8的奇数都是三个奇素数的和——通常称为"奇素数哥德巴赫猜想"或"三素数猜想"。

同年6月30日，欧拉给哥德巴赫回了信，认为这个猜想可能成立，并对哥德巴赫的两个猜想做了补充和归纳：只需要说每个大于2的偶数都是两个素数之和就行了。

1770年，英国数学家华林（1736—1798）在发表的《代数沉思录》一书中，把哥德巴赫和欧拉的这些通信内容公布出来以后，当时的数学界就把他们谈到的问题称为"哥德巴赫猜想"，通常简称为"1+1"。

一套四枚科技专题邮票（特种邮票）中的一枚《哥德巴赫猜想的最佳结果》，纪念陈景润发现代表"1+2"的"陈氏定理"，于1999年由中国发行

那么，"1+1"是否成立呢？

100多年过去了，数学家们只是验证了3 300万以内的偶数，"1+1"都是成立的，而没有人能证明"1+1"是否成立。此时数学界觉得有点"脸上无光"，在这个背景下，德国大数学家希尔伯特（1862—1943）要"大声疾呼"了。

1900年，第2届国际数学家大会在巴黎召开，希尔伯特提出了著名的"23 个问题"。他把"偶素数哥德巴赫猜想"和另外两个相关的问题概括在一起，列为其中第 8 个问题。

由于希尔伯特的"大会动员"，"脸上无光"的数学家们加紧了研究的脚步。

数学家们很快就发现，"1 + 1"确实是一块难啃的"硬骨头"。

那么，这"骨头"有多"硬"呢？ 在 12 年以后 1912 年召开的第 5 届国际数学家大会上，德国数学家朗道（1877—1938）说："即使要证明较容易一点的命题——任何大于 4 的自然数都是'C 个'素数的和（这被称为'弱型哥德巴赫猜想'），也是现代数学所力不能及的！"

当然，也有数学家对朗道的"悲观"不以为然。9 年之后的 1921 年，在哥本哈根召开的一次国际数学会上，英国著名数学家、数论大师哈代（1877—1947）就在会上说，"哥德巴赫猜想的困难程度，可以和任何没有解决的数学难题相比，但不是像朗道所说的那样绝对"。

考验人类智慧和创新能力的时候到了！

数学家们证明"1 + 1"的创新思路有以下两条。

"思路一"：把朗道所说的"C 个"先定得大一些，然后再逐步缩小，直到"C 个"等于 2 的时候，"1 + 1"就被证明了。

"思路二"：先证明"$n + m$"（这里的 n 和 m 可以相等，也可以不相等），然后再逐步缩小 n 和 m，直到 $n = 1$ 和 $m = 1$ 的时候，"1 + 1"就被证明了。

可以看出，这两种思路的共同点是，都使用了科学研究中的一种重要方法——逐步逼近法。

果然，这两种创新思路——特别是"思路二"，取得了重大成果。

沿着"思路一"，25 岁的苏联数学家什尼列尔曼（1905—1938），创造了"正密率法"，首先把"C 个"确定为不大于 80 万。接着，就有了如表 1 所示的一系列成果。

表 1

C 的结果	时间/年	获得结果的数学家
2008	1935	苏联罗曼诺夫
71	1936	德国（或加拿大）海尔布隆、德国朗道、德国彼得·西尔克
67	1937	意大利雷西

续表1

C 的结果	时间/年	获得结果的数学家
20	1950	美国夏彼罗、美国瓦尔加
18	1956	中国尹文霖

此外，在 1937 年，苏联数学家维诺格拉多夫（1891—1983）用改进了的哈代和李特尔伍德等在 20 世纪 20 年代创立的"圆法"和他本人独创的"三角和估计法"，基本上完全证明了"三素数猜想"，使它成为"三素数定理"。

这里提到的哈代和李特尔伍德（1885—1977），都是英国数学家。

沿着"思路二"，在 1920 年，挪威数学家布龙首先用他发明的"布龙筛法"，取得了"9+9"的成果。接着，就有了如表2所示的一系列重大成果。

表 2

n+m 的结果	时间/年	获得结果的数学家
9+9	1920	挪威维果·布朗
7+7	1924	德国雷特马赫
6+6	1932	英国埃斯特曼
5+7, 4+9, 3+15, 2+366	1937	意大利雷西
5+5	1938	苏联布赫什太勃
4+4	1940	布赫什太勃
1+m（m 是常数）	1948	匈牙利瑞尼
2+3	1950	美籍挪威人塞尔伯格
3+4	1956	中国王元
3+3, 2+3	1957	王元
1+5	1961, 1962	苏联巴尔班，中国潘承洞
1+4	1962, 1963	王元，潘承洞、巴尔班
1+3	1965	布赫什太勃、苏联维诺格拉多夫、意大利恩里克·邦别里
1+2	1966	中国陈景润

在表2中，中国数学家陈景润（1933—1996）在1966年发明了迄今最卓越的筛法——"加权筛法"，并证明了"1+2"。这被誉为"移动了群山"的成果，至今无人能超越。

在得到上面众多成果的过程中，数学家们对数学方法——特别是筛法，进行了许多改进和创新。通俗地说，筛法就是像筛子一样把合数和素数分开的方法。最古老的筛法是"埃拉托色尼筛法"，它的发明者是古希腊数学家埃拉托色尼。上面没有提到的、创新的筛法有"塞尔伯格筛法"，苏联数学家林尼克（1915—1972）创立的"大筛法"，以及这些筛法的各种改进，等等。由于这些方法比较深奥，这里不予叙述。

埃拉托色尼的"筛子"

此外，包括我国的华罗庚（1910—1985）在内的许多中外数学家，都对筛法和证明"1＋1"做出过不同的重要贡献。

虽然"1＋1"至今仍然没有被攻克，但是数学家们和社会各界却一直在努力。在2000年3月18日，英国费伯和美国布卢姆斯伯里两家出版社，就曾悬赏100万美元奖励在两年内证明"1＋1"的人。不过，也有人认为这是在为一本小说做宣传而进行的炒作，这本小说是希腊作家阿波斯托洛斯·佐克西亚季斯的《彼得罗斯大叔和哥德巴赫猜想》。就在此事发生不久，美国的科雷数学基金会也悬赏100万美元，为包括"1＋1"在内的"七大数学难题"求解，限期是100年。

由于"1＋1"表述非常简单而优美，并且似乎只要有"素数"等初等数学知识就能"搞定"，所以吸引着无数专业和非专业的"数学迷"前仆后继地去为它废寝忘食。实际上，摘取"1＋1"这顶"数论王冠上的宝石"，有常人想象不到的难度。对此，德国数学家联合会主席施特洛特曾说："别说100万美元，就是1亿美元的重奖也未必能加快问题的解决。"200多年以来的"先行者"无一不铩羽而归的现实告诉我们，一定不要轻易去上这个"贼船"，以免徒费青春而追悔莫

陈景润

及。那些上了这个"贼船"的朋友们，我们也"劝君早回家，绿窗人似花"。

这里，我们不妨举出一个近期的例子。在 2000 年 3 月 18 日英、美那两家出版社悬赏 100 万美元之后的两年里（即 2002 年 3 月 15 日前），中国科学院数学研究所就不断有声称已经破解了"1＋1"的"民间数学家"的来信或来访。其中，既有农民、工人，也有中学教师、企业"高工"。在吃了闭门羹之后，一些"民间数学家"就声称，要把自己的成果直接寄到国外著名的数学刊物上去发表。必然的"遗憾"是——从此"泥牛入海"，销声匿迹……

希尔伯特那豪壮的"我们必须知道，我们必将知道"的名言，仍会激励着那些有一定数学功底，敢于在崎岖小路上向顶峰攀登并做好失败心理准备的人们。我们祝愿，智慧的人类借助于进一步的创新能早一点解决这个难题。

从理论上说，大自然的规律最终是可知的，但却又是一步一步无限接近的。人类是否能在某个时间之内（例如"地球毁灭"之前）最终解决这个难题，特别是用不太长的时间（例如在 21 世纪内），这谁也说不准。

这是因为"科学是不能计划的"——1962 年诺贝尔化学奖的两位得主之一、出生在奥地利的英国生化学家佩鲁茨（1914—2002）说。

不管我们走多远，脚下的路永远都是起点。

在通往"1＋1"的道路上，无数先贤呕心沥血而不计成败得失，因为他们深信，"最渺小的作家常关注着成绩和荣耀，最伟大的作家常沉醉于创造和劳动"；因为他们深信，"劳动本身就是人生的目标"。

制服"雷公"保平安
——从尖铁棒到等离子带

1753 年，在美国的勃兰地兹出了一件"怪事"：一些房屋上竖起了一根根铁棒，它们的尖端直指苍穹。

"这还了得，竟敢把'矛头'指向上帝！太不吉利了，太不吉利了！"

一些居民很快就偷偷拆下了这些尖铁棒。

"不吉利"果然降临人间——一阵挟着雷电的暴风骤雨之后，一些没有那种尖铁棒的、房屋着火了。

愚昧让一些人付出了惨痛的代价，相反，装有尖铁棒的房屋则安然无恙——这和"太不吉利"的预言正好相反。

我们知道，那些尖铁棒就是西方最早的避雷针，它是美国科学家富兰克林（1706—1790）首先正式在勃兰地兹试用的——一年以前的夏天，他做出了这个发明。有史料记载的世界上的第一根避雷针，则出现在中国唐朝的武则天时期（684—704）。武则天曾

闪电，撕天裂地

命人在五台山的五个"台顶"建立过"镇龙"铁塔——一种避雷针。

富兰克林的避雷针的原理，是用"尖头"来引雷，这在原理上完全正确——与其对空中积累的电荷进行"堵拒"，倒不如"引导"，就像大禹当年治水"疏通九河"那样。

当尖头避雷针在 1762 年传到英国以后，英国国王乔治三世（1738—1820）在约 1780 年却认为：避雷针应该做成钝头的形状，这样才可以"拒雷"。

于是，一场关于避雷针形状的争论，就持续了 100 多年。

在 20 世纪，美国物理学家莫尔对避雷针形状进行了 30 多年的研究，最后得到了正确的结论：用钝头避雷针"引雷"来避雷，比用尖头避雷针"拒雷"来避雷的效果更好——富兰克林和乔治三世各对一半，各错一半。

富兰克林

人们逐渐接受了避雷针，可在使用中却不止一次地发现，即使装上钝头避雷针或避雷带，也不是进了"保险箱"——"雷公""电母"年年岁岁光顾，雷击灾难岁岁年年降临。这又是什么原因呢？

科学家们后来终于开了窍：安装避雷针或避雷带是被动地"守株待'雷'"；时机也不好——不是把它消灭在"摇篮"之中，而是等它长成"大器"之后。

这下拨云见日了——要主动出击，要趁早动手！

基于这种思路，世界各国主动出击、趁早动手的避雷发明百花齐放。

在 1990 年北京亚运会的建筑物上，采用了一种全新的避雷措施，就是当时中国最新研制成的"半导体消雷器"。

半导体消雷器的原理是，变传统的被动引雷为主动消雷，把雷击消灭在发生之前的"萌芽状态"。当空中聚集到一定量电荷的时候，消雷器就能"感觉"出来；在可能形成雷击之前，消雷器就主动出击，自动发出电流，去把空中的电荷中和掉。消除了空中积累的电荷，"雷公""电母"就无法耀武扬威了。

这种主动"消雷"的工具，引得各国竞相研制。此前美国研制的消雷器能发出毫安级的电流；而中国研制的这种消雷器，能发出安培级的强大中和电流，是美国消雷器的 1 000 倍。

因为空中的雷电成因十分复杂，至今有的规律人类也还没有摸清，所以雷击事故仍"涛声依旧"。近年在美国，仅因夏季雷电每年就有大约 500 人死伤，而给电力公司造成的损失则超过 1 亿美元。

为了更好地主动出击和趁早动手，美国科学家还发明了一种"超级避雷针"。

火箭引雷发射塔

早在 30 多年以前，美国科学家就产生过让酝酿雷雨的乌云在安全的时刻和安全的地点放电的想法。当时，他们在佛罗里达州进行试验，在雷雨乌云还没有"成熟"之前，就向它发射曳有接地导线的火箭，让乌云里的电荷在聚集起来强大到形成闪电之前，就顺着导线进入地下，以减少产生雷电的可能性。不过，发射每枚价值 1 200 美元的火箭费用昂贵，也不是十分可靠。再说，也不可能频繁发射——在人口稠密地区，发射后的火箭残骸落地，遭到过居民的反对。此外，发射火箭失败的可能性达到 40%——不是导线断落，就是发动机发生故障。有时，引来的闪电还会突然离开导线，分成几股"流窜作案"。

于是，科学家又产生了试验激光避雷的想法：在空中建立一条输导电流的等离子带，让雷电沿等离子带直接引向地下。激光避雷法的关键是要保护好激光发射机免遭雷击——用被普通避雷针包围的反射镜把激光射向雷雨乌云。这种激光发射机——"超级避雷针"应该价格低廉，以便所有重要的设施都能安装。

在 2005 年，激光避雷法取得令人鼓舞的成果，使引雷技术向实用化迈进了一大步。科学家建起的输导等离子带长 100 多米，直插乌云。激光束改变了雷电走向，使它沿着这条带子直达地下或引向避雷塔。

激光避雷法不仅使人的生命和设备变得安全，还能影响天气。例如，随着闪电出现的雷声震撼了乌云，就把小水珠聚成大水滴开始降雨。激光避雷法既避免了闪电，也防止了暴雨，或许还能制止一场引起灾难的冰雹。

此外，近年许多国家还研制出了放射性同位素避雷针——用镅－241放射出有很强电离能力的α射线，把空中的电荷引到地下。

火箭引雷成功（下部是火箭带引的细金属丝放电弧熔化的白光）

测量高温的"尺子"
——从热电偶到光学高温计

拿起一般的体温表，你就会看到，它的刻度范围通常在35～42℃。气温表也不能测量50℃以上的"高温"。

科学家的设计是合理的——通常体温和气温分别不超过42℃和50℃。这样做的好处是，在同样长度内，刻度会"精细"些——例如体温表就有0.1℃的刻度，可以更准确地读出被测物体的温度。

在实验室里的普通温度计就不一样了，它们可以测量100多摄氏度甚至更高的温度。

上述三类温度计的外壳，都是用玻璃做的。于是，有问题产生了：一般玻璃的软化点通常不超过1 300℃，虽然实际能测的温度一般都比这低得多，但若要测比这高的温度怎么测呢？

上述三类温度计，都是利用物质（通常是酒精或水银）热胀冷缩的性质制成的。于是，又有问题产生了：超过酒精沸点78.5℃的温度，酒精温度计如何测量？超过水银沸点357℃的温度，水银温度计如何测量？

这两个问题，一直困扰了科学家许多年。

1821年，德国物理学家托马斯·约翰·塞贝克（1770—1831），在实验中发现了一个"奇怪"的现象——把两根不同的金属棒的两端分别焊接起来组成一个闭合电路，然后把一个接头在火炉上烧，而另一个接头保持温度不变，这时放在电路旁边的小磁针竟发生了偏转！

这是怎么回事呢？

原来，金属棒的两个接头之间的温度有了差别，闭合电路中就产生了电流。这电流产生的磁场就使小磁针发生了偏转。

塞贝克还发现，两个接头处的温差越大，电流也越大。这种由温度差产生的电流现象，叫作"热电效应（现象）"或"温差电偶效应"，也叫"塞贝克效应"或"热电第一效应"。

塞贝克

这下有门了。如果能把这个电流的大小测量出来，那不就知道温度的高低了么？

根据这个思路，人们把两种不同性质的金属导线的一端焊接在一块儿，称为热端，没有焊接的另一端，叫作冷端，再在冷端

塞贝克效应：加热不同的金属组成的闭合回路产生电流

连接一个电流表，形成一个闭合回路，就制成了热电（偶）温度计。当然，电流表上刻的温度和电流大小是一一对应的。测温度的时候，只要把热端插入需测量的物体内，并保持冷端的温度不变就可以了。1830 年，就出现了这种热电温度计。

这个办法，对合金也是适用的，即某种合金可以看成是上面所说的某一种金属。

热电偶温度计，一般通俗简称为热电偶，它可以用不同的材料制成，以适应不同温度段的测量。广泛使用且常见的有三大类：铂铑合金－铂热电偶——长时间使用测 1 300 ℃以下的高温，短时间（指几小时，下同）使用测 1 600 ℃左右的高温；镍铬－镍铝合金热电偶——长时间使用测 900

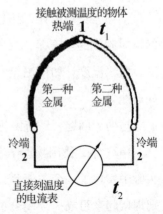

接触被测温度的物体
热端 **1** *t₁*

第一种金属　第二种金属

冷端 **2**　　　　冷端 **2**

直接刻温度的电流表　　*t₂*

热电（偶）温度计示意

℃以下的高温，短时间使用测 1 200 ℃左右的高温；镍铬－铜镍合金热

电偶——长时间使用测 600 ℃ 以下的高温，短时间使用测 800 ℃ 左右的高温。

此外，钨－钼、碳－钨和碳－碳化硅等特殊热电偶，可长期测量 1 300～2 000 ℃ 的高温。钨－铼、钨－钛热电偶能长期工作在 1 950～2 000 ℃ 下。一种铂合金与铂制作的热电偶，更可以测 2 800 ℃ 的高温。

一座大型炼铁高炉，就得用上百支热电偶，测量炉基、炉腰、炉身、炉顶等部位的温度。

热电偶的发明，突破了用热胀冷缩原理测量温度的方法，解决了前面说的第一个问题，也在很大程度上解决了前面说的第二个问题，是重要的创新。

测量温度的另一种创新，是发明辐射热测量计。

1835 年，俄国物理学家楞次（1804—1865）等发现，金属的电阻随温度的增高而增大。于是，有别于用热胀冷缩原理来测量温度，又有了另一种仪器——辐射热测量计。它是 A. F. 斯文贝尔格在 1857 年发明的。O. P. 兰利在 1881 年和 O. 卢默在 1890 年，都分别对其做过重大的改进。1860 年德国威廉·西门子（1823—1883）发明的遥测式电阻温度计，也是这类温度计。这个威廉·西门子，就是德国著名的西门子公司的主要创始人之一——维尔纳·西门子（1816—1892）的弟弟。

前面说的第二个问题还没有完全解决——更高的温度还无法测量。同时，还有更棘手的第三个问题——不能"直接接触"的物体的温度，又怎么测量呢？

这个时候，光学高温计出现了。

物体被加热到一定温度的时候，就会发出可见光，而且所发光的颜色随温度变化。比如，把钢铁放到炉子里烧，它的颜色和温度有大致如下的关系：暗红光 500 ℃，深红光 600 ℃，鲜红光 1 000 ℃，橙黄光 3 000 ℃，黄白光 6 000 ℃，白光 12 000～15 000 ℃，蓝白光 25 000 ℃

等。物体的温度越高，辐射出来的能量越多，光的亮度就越强。光学高温计，就是利用物体在不同温度下发出不同强度和颜色的光的现象，来测定高温物体的温度的。

楞次

光学高温计主要由一个望远镜和安装在望远镜内的一个标准白炽灯泡组成，灯泡的亮度用电流大小控制。在测量温度时，把望远镜的物镜对准被测物体，人眼通过目镜观察并调节电流大小，使灯泡发光度跟被测物体的亮度相同。这时，就可以从测温表指针标示的刻度值，量出相应的温度。这样，前面说的第三个问题就部分解决了，第二个问题也得到进一步解决。

目前，工业上用的光学高温计，可以测量 3 000 ℃以上的高温，如配上其他装置，可测量 10 000 ℃的高温。

对 10 000 ℃以上的高温，一般温度测量法已无能为力。这时，可用原子光谱的谱线和温度间的关系来进行计算。这样，前面说的第二个问题就基本上解决了。

当然，要彻底解决第三个问题，还会面临许多复杂的情况——例如测量难以直接接触的地核的温度。不过，这也没有难倒科学家——目前最好的方法是利用地震和地震波。由于地震波的速度与波通过铁的速度非常接近，所以通过测量地震波通过地核所花的时间，就可以大致得知地核的温度。

为了提高测量精度，科学家发明了"红外显微镜"，但这种"显微镜"却有名无实——不是用来"看"物体的微观结构，而是用来"测"微小的点（可小至 10 微米）上的温度的。此外，半导体点温度计也可进行这种测量，但它与这个"点"接触的时候，将会改变"点"的温度而"测不准"；红外显微镜则

池田大作

没有这个缺点，而且比半导体温度计精确得多——可精确到 1 ℃以下。

　　不断进步的测温方法，印证了日本社会活动家、作家池田大作（1928—2023）的话："进步就是从固定变为动摇，并带来新的思考随后产生创造的过程。"

借得"古董"解"难题"
——一路走来的制冷技术

"为了拯救地球，不含氟氯化碳的气雾已踏上征程。可就在这同时，充满氟利昂的汉堡包和电冰箱正躲在阴暗的角落里，窥视时机，以求一逞……"这段文字曾刊登在一家科普报纸上，表达出人们对"臭氧洞"的忧虑。

我们的故事，就从含氯氟利昂（freon 的音译）——一种让人爱了几十年之后又"忍痛割爱"的"功臣"开始。

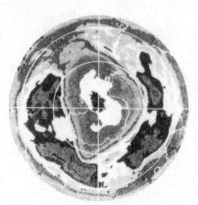

南极上空的臭氧洞

在 1930 年，美国机械工程师、化学家、发明家米格莱（1889—1944）发明了一种没有毒性的新型电冰箱制冷剂——氟利昂－12（学名二氟二氯甲烷），并在第二年取得专利。从此，各种含氯氟利昂的制冷剂相继诞生。

由于氟利昂的化学性质稳定，在底层大气中几乎不参与任何化学反应，所以不会危害生物；但是，当它"平安"地上升到高层大气后，其中的氯却是"罪恶滔天"——"杀'臭'如麻"地"吞噬"无数臭氧，破坏保护地球的臭氧层。于是，三位化学家奋起"声讨"——他们的论文《臭氧层的空洞是如何形成的》震动了全世界。这三位共享1995 年诺贝尔化学奖的化学家是：荷兰人保罗·约瑟夫·克鲁森

（1933—2021）、出生在墨西哥的美国人马里奥·何塞·莫利纳·帕斯奎尔·恩里克斯（1943—2020）和美国人弗兰克·舍伍德·罗兰德（1927—2012）。

克鲁森　　　　恩里克斯　　　　罗兰德

在这种"讨伐"声中，世界各国于1987年在加拿大签署了保护臭氧层的协定——《关于消耗臭氧层物质的蒙特利尔议定书》，商定发达国家在1996年停止生产破坏臭氧层的含氯氟利昂的制冷剂。

于是，替代含氯氟利昂的制冷剂的制冷技术——如生产"无氟电冰箱""绿色冰箱"，就迫切地提上了议事日程。

不含氯的氟利昂（用氢代氯），已经在目前的电冰箱中被推广使用，这是"取而代之"；重新启用1930年以前使用的乙醚、甲烷等制冷剂，是"返璞归真"。这都需要提高制冷效率的新技术。利用太阳能，把水当制冷剂，发展吸收式制冷机，是"采撷天光"；而"另辟蹊径"就是发展蒸汽制冷以外的技术，例如热电制冷、热声制冷、热磁制冷等。

我们的"借得'古董'解'难题'"，就是指热电制冷。

为什么热电制冷是"古董"呢？

1834年，法国钟表匠佩尔捷（1785—1845）发现了佩尔捷效应——当电流流过两种不同材料的接点的时候，在接点处就有吸热或放热现象发生。它是塞贝克效应——"在温度不等的回路中有持续不断的电流"的逆效应。

1838年，俄国物理学家楞次又做了进一步的实验：他把铋线和锑线连在一起通电，发现连接点上的水滴就会凝固成冰；如果电流反向，则刚刚凝成的冰又立即融化成水。

佩尔捷

显然，利用半导体材料的（逆）佩尔捷效应，就可以方便、快捷地制冷，是实现"无氟电冰箱"的一种好方法。这样看来，它就应该被广泛使用了。

然而，事实却恰恰相反。这又是为什么呢？

原来，尽管当时的科学界对佩尔捷效应十分重视，但佩尔捷和楞次的发现却没能很快得到应用。这是因为，金属的热电转换效率通常很低。直到一个世纪以后的 1950 年，发现了一些具有优良热电转换性能的半导体以后，这个"古董"才"东山再起"。今天，热电效应制冷又被称为"半导体制冷"。

半导体制冷器由两根不同半导体圆柱构成，用一块金属导电板将两根圆柱连起来，圆柱空着的两端分别接通直流电源的正负极。这样，半导体制冷器就可以工作了。右图中"P 型柱"是 P 型半导体材料，也叫空穴型半导体；"N 型柱"是 N 型半导体材

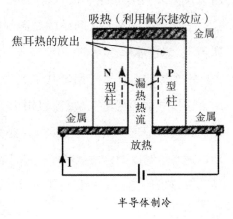

半导体制冷

料，也叫电子型半导体。以碲化铋（Bi_2Te_3）合金为基础，在其中掺上不同的杂质，就可以制成 P 型和 N 型制冷元件。

照图中的连接，上边是冷端，下边是热端——通常是大气环境。如果将电源的极性倒过来，冷端和热端就互换位置。

在使用中，应把冷却对象与冷端接触，把散热片与热端接触。电源接通后，制冷器就会从冷却对象吸热，把热量输送到热端，并通过散热片释放给大气环境，用这类制冷器可以达到比室温低 70 ℃ 的低

温。由于整个制冷器中没有任何运动部件，这使得半导体制冷器特别结实耐用。

找到热－电转换性能好、导电性能好和导热性能差的半导体材料，提高制冷效率，是半导体制冷的制冷机走进千家万户的关键。

令人遗憾的是，目前它的制冷效率只能达到普通氟利昂制冷机的1/3。"低效"意味着获得相同的制冷效果，要费更多的电，因此，半导体制冷的应用目前还不普及，仅仅主要用于一些特殊的场合。例如计算机芯片、激光器、微波放大器、光电放大器等精密器件的冷却；在运输过程中生物样品的冷却，小轿车中的食品冰柜有的也采用半导体制冷器。

开尔文

我们相信，既然利用佩尔捷效应这个"古董"的半导体制冷器有前面所说的那些优点，就一定有广阔的应用前景。

塞贝克效应、佩尔捷效应和威廉·汤姆森效应，统称温差电效应即热电效应。威廉·汤姆森（1824—1907）就是大名鼎鼎的英国物理学家开尔文，威廉·汤姆森是他的本名，开尔文是他的爵位。他发现的这个效应是：加热金属棒中间 C，并保持两端 A 和 B 的温度不相等，电流从 A 流向 B 的时候，AC 段吸热、CB 段放热。显然，这是不同于焦耳热的另一种热——汤姆森热。

人类最初想到低温，是为了液化气体。于是形形色色的制冷技术应运而生。

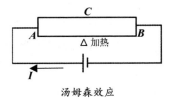

汤姆森效应

19世纪20年代，英国科学家法拉第发现，液体在减压条件下蒸发而变成气体的时候，就会从周围环境吸收热量，使温度降得更低。利用这种"蒸发制冷"，物理学家们先后得到－110 ℃的低温，但氢、氧、氮、氦等气体依然没有被液化。

1892年，英国化学家杜瓦（1842—1923）宣布，他发明了一种低温恒温器（cryostat）——后人称为"杜瓦瓶"。

杜瓦瓶

1895 年，德国工程师林德（1842—1934）和汉普孙（1854—1926）等，发明了"压缩－绝热法"和"抽除液面蒸气法"，液化了氧和氮。

"杜瓦－林德空气液化机"的基础，是1852 年焦耳和开尔文发现的"焦耳－汤姆森效应"。杜瓦在 1898 和 1899 年用这种机器，分别在 - 253 ℃ 和 - 259 ℃ 的时候，液化和固化了氢。

1908 年 7 月 9 日，荷兰物理学家昂纳斯用"综合法"，在 4.2 K 的时候，液化了地球上最后一个气体——氦。

1925 年，德国物理学家德拜发明了"去热去磁制冷法"。第一次"核退磁冷却"实验在 1956 年获得成功；在 2002 年，芬兰赫尔辛基大学的低温实验室的科学家们已经用这种方法，得到低于 1 nK 的低温了。在1962 年，德国物理学家又发明了"稀释制冷法"。

稀释制冷机

自 1985 年以来，美国斯坦福大学的华裔教授朱棣文（1948—   ）在"激光冷却"方面做了令人注目的工作，他也因此成为 1997 年的三位诺贝尔物理学奖得主之一。

数学教师"变魔术"

——巴耳末巧得波长公式

这是 3 个"回头率"不高的数据——氢的 3 条光谱线的波长：

$$H_\alpha = \frac{1}{20} \times 131\ 277.\ 14 \times 10^{-10} \text{米}$$

$$H_\beta = \frac{1}{27} \times 131\ 277.\ 14 \times 10^{-10} \text{米}$$

$$H_\delta = \frac{1}{32} \times 131\ 277.\ 14 \times 10^{-10} \text{米}$$

不过，它们也有一点"吸引眼球"——都有"公共因数""$131\ 277.\ 14 \times 10^{-10}$"。

当然，为了这一点"吸引眼球"，也不容易——爱尔兰科学家斯托尼（1826—1911）在 19 世纪煞费苦心，才把此前更不起眼的 4 个数值中的 3 个，变成这个样子。

这 4 个数值就是 1868 年瑞典光谱学家埃格斯特朗（1814—1874）发现的 4 条氢光谱线波长的数值：

$$H_\alpha = 6\ 563.\ 86 \times 10^{-10} \text{米}$$

$$H_\beta = 4\ 862.\ 12 \times 10^{-10} \text{米}$$

$$H_\gamma = 4\ 340.\ 10 \times 10^{-10} \text{米}$$

$$H_\delta = 4\ 102.\ 41 \times 10^{-10} \text{米}$$

斯托尼就像一个魔术师，他让第 1、第 2、第 4 个"摇身一变"，就成了前面那个"有一点'吸引眼球'"的样子。

斯托尼为什么要去让它们"摇身一变"呢？

原来，当时科学家们在探寻这样两个问题：为什么只有氢才发出这 4 条光谱线？这 4 条光谱线是否存在某种规律性的联系？显然，斯托尼在这方面迈出了第一步。

但是，可以看出：第 3 条谱线 $H_\gamma = 4\,340.10 \times 10^{-10}$ 米 $= 0.330\,606 \times 131\,277.14 \times 10^{-10}$ 米，无法用斯托尼的方式——分子和分母都是整数的分数表达出来；表面上也看不出"比例因数" $\frac{1}{20}$、$\frac{1}{27}$、$\frac{1}{32}$ 之间的内在联系。这是斯托尼的"第一步"的两个缺点。

于是，对前面的氢光谱的那两个问题，人们依然"雾水一团"。

此时，科学需要能担"大任"的"斯人"去担"大任"。

"天降大任"的"斯人"，就是瑞士贝塞尔女子中学的数学教师约翰·雅格布·巴耳末（1825—1898）—— 一位有更大智慧和创新精神的"魔术师"。

下面，我们来看一看这位大"魔术师"的精彩表演吧。

受到斯托尼的启发，巴耳末认为：①"公共因数"应再小一点；②"比例因数"之间应有内在联系；③给出的规律应能表达出 H_γ 的波长。

于是，巴耳末首先把斯托尼的"公共因数" $131\,277.14 \times 10^{-10}$ 缩小到 1/36，变成 $3\,646.6 \times 10^{-10}$，并用符号 B 表示；当然，此时"比例因数"就应增大到 36 倍。这样，他就把 4 条氢光谱线的波长变成了这个样子：

$$H_\alpha = \frac{36}{20} \times 3\,646.6 \times 10^{-10} \text{米} = \frac{9}{5} \times 3\,646.6 \times 10^{-10} \text{米}$$

$$H_\beta = \frac{36}{27} \times 3\,646.6 \times 10^{-10} \text{米} = \frac{4}{3} \times 3\,646.6 \times 10^{-10} \text{米}$$

$$H_\gamma = \frac{25}{21} \times 3\,646.6 \times 10^{-10} \text{米}$$

$$H_\delta = \frac{36}{32} \times 3\,646.6 \times 10^{-10} \text{米} = \frac{9}{8} \times 3\,646.6 \times 10^{-10} \text{米}$$

乍看起来，$\frac{9}{5}$，$\frac{4}{3}$，$\frac{25}{21}$，$\frac{9}{8}$ 这 4 个"比例因数"也不是什么"大明星"，而且它们之间也不存在任何联系。

接下来，为了找出它们之间的联系，巴耳末把其中第 2 个"比例因数"$\frac{4}{3}$ 和第 4 个"比例因数"$\frac{9}{8}$ 的分子和分母，都分别增大到 4 倍，这时就得到：

$$\frac{9}{5} = \frac{3^2}{3^2 - 2^2}$$

$$\frac{4}{3} = \frac{4^2}{4^2 - 2^2}$$

$$\frac{25}{21} = \frac{5^2}{5^2 - 2^2}$$

$$\frac{9}{8} = \frac{6^2}{6^2 - 2^2}$$

看出这 4 个式子右边的分数的规律了吧！

最后，巴耳末就得出了人类科学史上第一个表示氢光谱线波长的公式：

$$\lambda = B \times \frac{n^2}{n^2 - 2^2}$$

这就是著名的巴耳末公式。其中 $B = 3\,646.6 \times 10^{-10}$，被称为巴耳末常数；$n = 3$，$4$，$5$，$6$。1885 年 6 月 25 日，他把这个成果的论文呈交到巴塞尔的自然科学协会，并做了演讲。

你看，不起眼的氢光谱线的波长的 4 个数值，就被巴耳末变成了一个"超级巨星"！

巴耳末让人匪夷所思的"数学魔术表演"并没有完。他在得到这个公式之后预言，一定有 $n = 7$ 的氢光谱线。这个预言当即得到他的一位同学的支持。事实上，在巴耳末的预言之前，这条氢光谱线已经由瓦茹和哈根斯观察到，只不过巴耳末不知道而已。此后一系列的实验表明，前 9 条氢光谱线（另一说是 1880 年科学家拍摄到的恒星的 14

条氢光谱线对应的 14 个整数）都在实验允许误差范围内与巴耳末公式符合得很好。

巴耳末公式显示出了强大的科学预见力。不但如此，巴耳末公式还成为后来一系列各种更为复杂的光谱公式的起点。

巴耳末公式是"数的和谐"在科学中的体现，难怪丹麦物理学家玻尔在创立原子理论的时候，曾惊呼："我一看到巴耳末公式，一切都明白了！"

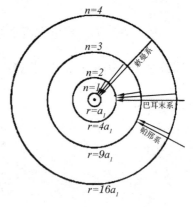

赖曼系、巴耳末系、帕邢系的轨道

从韦伯到索末菲
——原子结构模型的创立

一个平常的日子——1897 年 4 月 30 日，英国皇家学会例行的星期五晚会照样举行。

可是，时任英国剑桥大学卡文迪许实验室第三任主任（1884—1919 在任）约瑟夫·约翰·汤姆森（1856—1940）在会上做了一个报告之后，平常的日子就变得不平常了。

汤姆森在会上说了些什么呢？

公元前 5 世纪，古希腊哲学家德谟克利特（约公元前 460—前 370）说，宇宙万物都是由"原子"构成的。这个词来自古希腊语，原义是"不可分的东西"。

原来，汤姆森在会上说，他通过确凿的实验，发现了原子中存在电子。

电子，是人类发现的第一种基本粒子。电子的发现，标志着人类对物质结构的认识进入了一个新的层次，它打破了千百年

汤姆森

来认为原子是组成物质的最小单元这一观念，揭示出原子还有内部结构。从此，探索原子内部和"分裂原子"，就成了 20 世纪初期物理领域中最振奋人心的口号。

汤姆森也在这个振奋人心的口号中继续探索——既然原子可分，那么原子的内部是怎样一个结构呢？

汤姆森发现，原子至少有两个部分：一块一块带负电的小"碎片"和一块一块带正电的小"碎片"，两种"碎片"的电荷数恰好相等，因此整个原子呈中性。

经过长期的分析估算，汤姆森于1903年12月提出了他的原子结构模型：原子是一个小球体，正电荷像流体般均匀地分布在它的内部，球内还有带等量负电荷的若干个电子，这些电子镶嵌在带正电的球体之中，它们等间隔地排列在与正电球同心的圆周上，并以一定速度做圆周运动而发出电磁辐射。

由于这个模型酷似葡萄干蛋糕（整个原子像一个蛋糕，电子像蛋糕里的葡萄干）或面包，因而被称作"葡萄干蛋糕模型"，或者"面包夹葡萄干模型"。

"面包夹葡萄干"，是科学史上第一个有影响的原子模型，因为在此之前，科学家们提出的下面这些模型都没有产生大的影响。

在汤姆森发现电子之前，德国物理学家韦伯（1804—1891）提出的原子模型是，质量极小的正电微粒围绕质量较小的负电微粒，在原子中旋转。

1901年，独享1926年诺贝尔物理学奖的法国物理学家、化学家佩兰（1870—1942）在一次通俗演讲中设想的原子模型是：原子中心的正电粒子周围围绕着一些电子——它们的运行周期对应于原子发射光谱的频率。

佩兰

1902年，德国物理学家勒纳德（1864—1947）基于阴极射线能穿过金属箔的实验事实，认为金属原子中有大量的空隙，一个个由电子和相应正电荷组成的微粒，就漂浮在这"原子空间"之中。

1903年12月，汤姆森的"葡萄干蛋糕"遭到日本物理学家长冈半太郎（1865—1950）的反对——他正确地认为正负电荷不可能互相渗透。于是，他提出了"土星模型"：电子均匀地分布在一个环上运动，原子中心是一个大质量的正电球。

当然，这些原子模型和汤姆森的原子模型一样，都有一定的道理，但都不能确定无疑地解释原子的所有行为——例如铀、钍、镭等会不停地放出强力的射线而"违反"能量守恒定律，也就没有得到公认。但是，大多数科学家相信，通过严密的科学实验，可以揭开原子结构这个未知世界的奥秘。

时代把祖籍是苏格兰、在新西兰出生的英国物理学家厄内斯特·卢瑟福（1871—1937）推上了历史舞台。

1909 年，卢瑟福与他的两个年轻学生和助手——德国物理学家盖革（1882—1945）和出生在曼彻斯特后来移居新西兰的物理学家马斯登（1889—1970），用高速的 α 射线轰击金属箔，观察 α 粒子穿过金属箔后的分布状况。

卢瑟福

按照"葡萄干蛋糕"模型，α 粒子穿过原子的时候，受到正电荷的排斥，就会发生均匀的偏转，这是因为原子里的"葡萄干"们质量都很小，不能使质量较大的、带正电荷的高速 α 粒子发生大偏转。即使 α 粒子与电子相撞，也由于它的质量比电子大 7 000 多倍——有如大象碰上了猫，也不会发生大偏转。

实验的结果却大出他们所料——有少量 α 粒子出现了大角度的偏转，其中甚至大约有 1/8 000 的 α 粒子发生了大于 90° 的偏转；更有少量——约占总数 1/20 000 的 α 粒子竟被反弹回来！

卢瑟福对此惊讶异常。他认为这像用直径 15 英寸（1 英寸合 2.54 厘米）的炮弹射向一张薄纸，而这炮弹居然被弹回来打击发射人！

这个实验的事实表明，"葡萄干蛋糕"模型与原子的实际结构有矛盾。首先，大角度偏转不能解释成若干次小角度偏转的积累——这种可能性比 1/8 000 小得多。其次，大角度偏转不可能是 α 粒子受到实心原子球内的电子撞击的结果，因为 α 粒子的质量约为电子的 7 300 倍

—— 一个质量大的粒子撞击质量小的粒子，怎么会是质量大的发生大角度偏转呢？最后，大角度偏转不可能是实心原子球内带正电的部分对 α 粒子作用的结果——根据带正电的 α 粒子在实心球外和实心球内受到实心球内正电荷的作用力来看，都不可能有剧烈的碰撞而发生大角度的偏转。

那么，这些现象怎样解释呢？

1911 年 3 月的一天早晨，盖革正在实验室里整理仪器。卢瑟福兴冲冲地进来了。

"我知道了，"卢瑟福说，"原子到底是什么样的，我知道了！原子内部存在一个质量较大、所占体积又很小，而且是带正电荷的东西。所以带正电的 α 粒子在接近它的时候，就'同性相斥'而大幅偏转了。"

接着，卢瑟福解释了实验结果：和整个原子相比，带正电荷的东西很小，所以大部分 α 粒子穿过原子中的空档，不受正电荷斥力的影响；只有极少数接近它的 α 粒子受到斥力作用而偏转；极个别 α 粒子差不多正对着它撞击，在斥力作用下被反弹回来。

1911 年 3 月 7 日，卢瑟福在曼彻斯特哲学会上做了题为"α 粒子与 β 粒子的散射和原子的构造"的报告，这一报告还刊登在同年的《哲学》杂志上，公开了他的研究成果。不过，当时并没有人承认他的成果，甚至在同年 10 月 30 日至 11 月 3 日召开的、卢瑟福参加了的第一届索耳维国际物理讨论会上，会议记录中也没有提及他的这一成果。

马斯登和盖革等人却为检验卢瑟福模型进行了系统的、肯定性的研究工作。

1913 年，英国物理学家莫斯莱（1887—1915）测定了各元素的 X 光标识谱线，也证明了卢瑟福理论的正确性。同年 10 月，在卡文迪许实验室科学会上，卢瑟福正式提出了他的"核式结构"原子

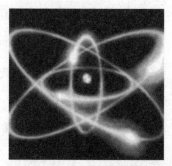

电子在原子内绕核旋转

模型：原子内部大部分是空虚的，它的中心有一个体积很小、质量较大、带正电的核——"好像一个大教堂里的一只苍蝇"的原子核；原子的全部正电荷都集中在这个核上，带负电的电子则以某种方式分布在核外的广大空间中。这是一个与太阳系结构相类似的"太阳系原子结构模型"，到会的科学家普遍接受了这个模型。

根据经典的电磁理论，带正电的核与带负电的电子的静电引力使电子产生了一个向心加速度，使电子绕核运动。电子在获得加速度的情况下必定发出电磁辐射，这电磁辐射就要消耗能量，能量不断消耗的结果，将使电子的运动轨道越来越小，最后必然落到核上与核合为一体，此时，这个原子就要消失。这就是说，卢瑟福的模型不能保持一个稳

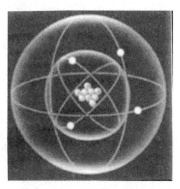

电子绕核旋转，中等球原子核内是当时未知的质子、中子

定的原子结构系统，而事实上原子是十分稳定的，因此他的模型还有缺陷。

可见，科学探索还没有终结，科学的活水还要向前流淌。

1912 年 6 月，丹麦物理学家玻尔（1885—1962）想到了德国物理学家普朗克（1858—1947）的能量子假说。接着，他把有核结构的思想和能量子假说结合起来，修正了卢瑟福的模型。

1913 年，玻尔正式发表了他下面的"三部曲"原子模型。

原子内的电子只能在具有一定能量的特定轨道上运行——是有轨电车。"循规蹈矩"的电子既不吸收能量也不辐射能量。电子所处的轨道不同，它的能量也不一样——在离原子核近的轨道上能量较低，在离核远的轨道上能量较高。

玻尔

允许电子"不安分守己"——可以从一个轨

道跳到另一个轨道，因此电子还是"跳蚤"。

电子在跳越轨道时，必定获得或丢失能量。这样，它们的能量变化只能在特定的能级之间跳跃，所以辐射光谱并不连续。

显然，玻尔的模型克服了卢瑟福模型的一些缺陷。

玻尔的模型是在卢瑟福原子模型基础上发展和完善的，因此，人们将两者合二为一，统称为"卢瑟福－玻尔模型"。

玻尔的模型突破了经典物理学的观念——例如说原子处在稳定态时不辐射，原子的能量是量子化的，不能连续变化；他的模型却又是建立在经典物理学上的——例如把电子与宏观世界中的粒子等同看待，以为它们在运动中有完全确定的

索末菲　　　　海森堡

轨道；他引进的量子条件并没有理论依据。他的模型是一个把经典理论和量子条件并放在一起的结构，缺乏逻辑的统一性。

更准确、完整、应用更广的原子结构模型——量子力学的原子结构模型，在1925年被发表出来。它的创立者是德国物理学家索末菲（1868—1951）和荷兰物理学家埃伦菲斯特（1880—1933）。在1915年，索末菲就对玻尔理论进行了量子化条件下的推广，提出了电子的椭圆轨道和它的质量会随运动速率的变化而改变。在20世纪20年代，一群"三十而立"的物理学家，也对创建量子力学做出了重大贡献。其中有德国的海森堡（1901—1976，1932年诺贝尔物理学奖的唯一得主）和玻恩（1882—1970，1954年诺贝尔物理学奖的两位得主之一），法国的德布罗意（1892—1987，1929年诺贝尔物理学奖的唯一得主），以及1933年的两位诺贝尔物理学奖得主——英国的狄拉克（1902—1984）和奥地利的薛定谔（1887—1961），当然也有玻尔。

由于电子同其他微粒一样具有波粒二象性，所以它们的运动轨道

我们不可能确切地知道，只能知道它们在某区域出现的概率。概率大的地方，"电子云（雾）"较浓密；反之，较淡薄。

由于量子力学的原子结构模型比较深奥难懂，所以今天我们中学的物理教科书

狄拉克　　　　　薛定谔

中，还是用直观的、能基本上说明原子结构的"卢瑟福－玻尔模型"来描述原子内部的电子运动状况。

慢高尔夫球更容易进球洞
——费米破解"慢中子之谜"

1934 年 1 月 19 日，约里奥·居里夫妇（夫 1900—1958，妇 1897—1956）向英国《自然》杂志写了一则通信，宣布他们发现人工放射性物质的惊人消息。

人工放射性物质的发现，使科学家们不再只依靠自然界的天然放射性物质来进行研究，大大推动了核物理学的研究。约里奥·居里夫妇俩也因此荣获 1935 年诺贝尔化学奖。

消息传出，西方物理学界掀起了一股"中子热"——纷纷用中子去打击各种原子，以发现微观世界的"新大陆"。

这个消息也传到罗马。于是，意大利物理学家恩里科·费米（1901—1954）和他所领导的小组也用中子轰击各种元素，以检查中子作为入射粒子的有效性和产生放射性的可能性。他们的做法是，把准备用中子轰击的金属制成同样大小的空心圆筒，再把圆筒放进铅盒，用盖革计数器计数被中子轰击的金属所辐射出的粒子，计数得的

费米

粒子越多，就表明这种金属的放射性就越强。

1934 年 10 月的一天上午，费米小组的阿玛尔迪、蓬泰科尔沃等在罗马大学实验室，用中子源放出的中子打击银圆筒做放射性实验。蓬泰科尔沃第一个观察到一个奇怪的现象：把银圆筒放在铅盒的中央和放在一角的时候相比较，银的放射性有明显的差异。

他们被这一现象难倒了，就告诉了费米和拉赛蒂等人。

"也许是统计错误和测量不准吧。"对这种异常的现象，费米小组的佛朗哥猜测说。

随后几天他们却又发现了更多类似的怪现象：装着放射源的银圆筒周围的东西似乎都会影响银的放射性。例如，银圆筒在被中子辐照时，放在木桌上所产生的放射性就比放在一块金属桌上更强。这些怪现象激励起全组人员的高度兴趣。

金属是重物质，那轻物质有没有这种怪现象呢？费米建议用轻物质做实验，结果选用了石蜡。

1934 年 10 月 22 日早上，他们把中子源放在用一大块石蜡挖出的洞穴里，再来辐照银圆筒。他们立即发现，盖革计数器发疯似的咔咔响着。物理楼的几个大厅响彻惊呼声："不可想象！没法相信！见鬼了！"石蜡竟把银的人工感生放射性提高了 100 倍！

人们很容易猜想：如果用一个速度慢的中子和一个速度快的中子，分别去打击同一种原子核，一定是速度快的中子容易打进去，即效果更好。事实上，自从 1932 年发明了粒子加速器以后不久，科学界就开始用加速过的粒子"炮弹"去"攻城拔寨"，揭开原子内部的奥秘了。

这次实验事实却出人意料：慢的效果更好——石蜡阻挡中子之后辐照银时会使银产生更强的放射性。这被称为"慢中子效应"。

怎么会产生慢中子效应呢，这不是一个悖论么？是的，这确实有悖"常理"，于是有了"慢中子之谜"。

费米经过周密研究和思考，终于提出了慢中子之谜的创新的理论解释。

石蜡里含有大量的氢，氢核是质子，是具有与中子基本相同质量的粒子。当中子源被封在石蜡块里的时候，中子在到达银原子之前就击中了石蜡中的质子。中子在与质子碰撞的时候，就失去一部分能量，这种方式正如台球击中另一个和它同样大小的台球，运行速度就会慢下来一样。一个中子在从石蜡中出来击中银之前，将会与许多石蜡中的质子碰撞，因此它的速度就会大大减低。这种慢中子将比快中子有多得多的机会被银原子所俘获，就像一个飞快的高尔夫球可能从球洞跳过去，而一个慢滚的高尔夫球却有更好的机会进入球洞一样。

那么，费米的解释是否正确呢？如果正确，那么任何含氢成分多的其他物质都应该具有与石蜡相似的效果。这使费米想到水含的氢也很多，他说："我们试试看，数量可观的水对银的放射性会有什么样的影响。"

要找"数量可观的水"，没有比实验室后面参议员柯比诺花园里的金鱼喷池更好的地方了。于是，在 10 月 22 日下午，他们就把中子源和银圆筒飞速送到水池旁，放在水下，进行中子轰击银圆筒的实验。结果证实了费米的理论解释：水把银的人工放射性增加了许多倍。

这个实验，就是著名的、被称为"现代科技史上最动人、最有诗意"的"金鱼池实验"。

当天晚上，他们聚集在阿玛尔迪家写第一篇报道，这是一封写给《科学研究》杂志的信。由费米口述、埃米里奥记录、吉妮斯特拉打字。

这就是发现慢中子效应和费米破解慢中子之谜的简单过程。

后来，费米用慢中子（能量小于 1 电子伏的中子）打击天然铀，发现了铀的嬗变。1938 年 11 月 10 日，瑞典科学院秘书在电话里宣读了当年的诺贝尔物理学奖状："奖金授予罗马大学恩里科·费米教授（一人），以表彰他认证了由中子轰击所产生的新的放射性元素，以及他在这一研究中发现了由慢中子引起的核反应。"

慢中子的发现，使人们有了轰击元素的又一有效武器。费米于1942 年 12 月 2 日在美国首次建成了可以控制的核裂变反应装置即原子反应堆，苏联于 1954 年 6 月首次建成了原子能发电站……

杀了"回马枪"之后
——梅曼的激光比太阳还亮

"它运转了！它运转了！"1953年的一天，一个美国小伙子飞快地闯进一次波谱学会议的会议室，急切地大声叫喊。

是谁，为什么事，这么急切，全然没有"学者风度"，来"扰乱会场秩序"？

这个小伙子名叫姆斯·鲍威尔·戈登（1928—2013），是哥伦比亚大学的美国物理学家汤斯（1915—2015）带的研究生。汤斯和戈登，还有汤斯带的另一个研究生蔡格（1918— ）从1951年开始，就在一起研究制造新型微波振荡器——氨分子微波激射放大器（激光器的前身）。在经过了两年辛劳，花费了近3万美元之后，终于取得成功。这种成功后的喜悦，当然应该"激动"！

汤斯　　　　　　　　戈登　　　　　　　　王天眷

1954年7月，他们正式宣布实验成功。

这一成功也有中国科学家的一份功劳。这又是怎么回事呢？原来，蔡格在后来离开了哥伦比亚大学，接替其工作的，是在该校留学的中国著名物理学家王天眷（1912—1989）。微波激射器和激光器的诞生，也有他的一份功劳。

微波激射器的英文原意是"受激辐射的微波放大"，缩写为 MASER。

那么，他们为什么要搞 MASER 呢？

1916 年，爱因斯坦发表了论文《关于辐射的量子理论》，提出了"受激辐射"的概念，随后，微波波谱学的研究开始了。由于当时一些学者认为这些研究都是"纯科学"的，没有诸如商业价值这类实际意义，所以一些实验室，如第二次世界大战中美国最早开始研究的几个工业实验室，在战后都停止了研究。于是，这类研究转移到了大学。

也有别具慧眼之人，例如美国的碳化物和碳（Carbide & Carbon）化学公司就给哥伦比亚大学一笔奖学金，支持对微波波谱学的研究。其实，早在此前的 1945 年，这个公司的舒尔兹（H. W. Schultz）就认为微波波谱学的研究成果会促进化学的发展："利用特定频率的电磁辐射，通过感应振荡来影响参加作用的分子的活性。"

在这种背景下，MASER 诞生在汤斯小组的所在地，就不足为奇了。由于汤斯知道许多科学家都在进行这个项目的研究，所以就立即申请了专利，并在 1960 年 3 月获得专利证书。

那么，汤斯又是怎么想到 MASER 的方案的呢？

"很偶然，当时我正与肖洛同住一个房间，"汤斯后来回忆说，"我起床很早，为了不打扰他，我出去在公园旁的长凳上坐下，思考是什么原因未制成毫米波发生器……突然，在我头脑中出现了一种得到从分子发出非常单一形式的电磁波的实际方法……几分钟内我就拟好了方案……"

汤斯提到的"非常单一形式的电磁波"，就是受激辐射的微波。肖洛（1921—1999）——汤斯的妹夫，是当时在贝尔实验室工作的美国物理学家。

1958 年 12 月，汤斯和肖洛在美国的《物理评论》杂志上，发表了论文《红外区和光学激射器》。论文的主要内容是，根据 MASER 的成功，论证把微波辐射技术扩展到红外光区和可见光区的可能性。但是，他们用钾蒸气得到激光的试验却失败了。因为对激光的研究，肖洛还和出生在荷兰的美国物理学家布伦伯根（1920—2017）分享了 1981 年诺贝尔物理学奖的一半。另一半则由发展高分辨光电子能谱学的瑞典物理学家塞格巴恩（1918—2007）获得。

肖洛　　　　　　布伦伯根　　　　　　塞格巴恩

这篇激光史上重要的论文发表以后，引起了科学界的强烈反响——激光的时代马上就要来了！汤斯也因此和后面要提到的苏联两位物理学家巴索夫（1922—2001）、普罗霍洛夫（1916—2002，出生在澳大利亚）共享 1964 年诺贝尔物理学奖——"激光之父"之一的汤斯得到奖金的一半，后二人共享奖金的另一半。

实际上，汤斯和肖洛都没有做成激光器。

大致在同一时期，其他国家的科学家也没有闲着。在 1951 年，苏联科学家法布里坎特就向苏联邮电部提出一份题目很长的受激辐射研究的专利申请书，但直到 1958 年才得到批准和公开。

1952 年，苏联列别捷夫（1866—1912）物理研究所的巴索夫和普罗霍洛夫合作发表论文，阐述受激辐射放大器的原理，并在

巴索夫　　　　　　普罗霍洛夫

1955 年用氨气把这一原理变成了现实——制成了一种氨分子激射器。1958 年，巴索夫又提出了用半导体制造激光器的原理。

…………

在经过几年准备，从 1959 年 8 月开始奋斗了 9 个月、花费 5 万美元之后的 1960 年 5 月，美国加利福尼亚州南部的休斯（Hughes）研究所量子电子部负责人西奥多·哈罗德·梅曼（1927—2007），研制出了世界上第一台激光器。它是一台红宝石激光器—— 一种固体激光器。梅曼也就理所当然地成为"激光之父"之一。

梅曼

经过接近半个世纪的风雨之后，终于迎来了激光时代的"彩虹"！

所谓"激光"，是"光受激辐射放大"（LASER，是 Light Amplification of Stimulated Emission of Radiation 的缩写）的简称，也翻译为"莱塞"或"镭射"。通俗地说，激光就是受激而发射出来的光。这种光具有"团队精神"，"步调一致"地以发散度很小（大约 0.057 度）的"光束"向目标前进——例如射到远达 38.4 万千米之外的月球表面，光斑直径不超过 2 千米。激光不像普通的光那样"军心涣散"，向"四面八方""各奔前程"；即使用质量最好的普通探照灯光射向月球，光斑直径至少也会分散到几百千米。

为什么科学家要发明激光呢？

原来，普通的光在亮度和单色性等方面，都不能满足人们的需要，于是科学家们探索光学新技术和寻找新光源的研究就写下了前面的篇章。

书写这个篇章并不容易，并且在梅曼的激光器和激光诞生以后，依然有人"不识货"。

"不识货"的是《物理评论快报》的主编。他拒绝发表梅曼写的发明激光器的论文。

那么，这位主编为什么要对论文"亮红灯"呢？原来，他认为梅曼搞的依然是微波激射器，而微波激射器已经被科学家们发展到了很高级的程度，就没有必要用"快报"的形式发表了。

在这种情况下，梅曼只好在1960年7月7日的《纽约时报》上发布了制成激光器的消息，并把成果寄到英国《自然》杂志社。《自然》杂志社很快在8月6日正式发表了梅曼的这个成果。美国的《物理评论快报》在第二年才发表了梅曼的详细论文。

《物理评论快报》的主编为什么会误认为梅曼的激光器就是微波激射器呢？和这个问题相关的问题是：这个故事在讲激光器和激光的发明，为什么在前面要用那么多的篇幅去说微波激射器；激光和微波激射有什么联系和区别，激光器和微波激射器又有什么联系和区别呢？

梅曼等发明的世界上第一台氙灯脉冲光激励的红宝石激光器

我们知道，所谓"微波"和"激光"都是电磁波，两者在这个意义上并没有本质的区别，只不过激光的波长更短（或者说频率更高）罢了。发明了微波激射器，并不等于能制成激光器——制成能够生产频率更高的激光的激光器困难得多！

在这里，我们又感受到了一次"量变到质变"——就是这频率由低变到高，科学家们就用了10年！

有的文献就把激光的诞生编成了"四部曲"：奠定理论基础（1916年，爱因斯坦），借助于微波波谱学的发展（20世纪20到40年代），"预演"成功（1954年，汤斯等研制成功微波激射器），激光

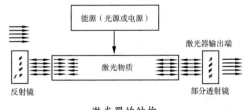

激光器的结构

诞生（1960 年，梅曼）。

因为如此困难和重要，所以在汤斯发明了微波激射器以后，当时世界上的许多科学家都在激烈竞争——尽快制成激光器！例如，前面没有提到的英国物理学家桑德斯（1924—　），出生在伊朗的汤斯的学生阿里·贾万（1926—2016），苏联物理学家克罗辛（О. Н. Крохии）和波波夫（Ю. М. Попов）等。其中，在贝尔实验室工作的阿里·贾万、别耐托、海利奥托

阿里·贾万

在 1960 年 2 月还制成了著名的氦氖激光器。接下来，外腔式气体激光器、玻璃激光器、有机液体激光器、喇曼激光器、半导体激光器……相继诞生。

这里，还有一个特别"奇怪"的问题：为什么梅曼能后来居上？

原来，梅曼有多年用红宝石做微波激射器的经验，并发现了用红宝石做激光材料的可能性，因此在试验了多种材料都不理想之后果断地杀了"回马枪"。

这个"回马枪"的高明之处在于，没有迷信魏德尔（Weider）在 1939 年的论文中说红宝石晶体的量子荧光效率也许只有 1% 的结论。实际上，梅曼选取了直径和高都是 19 毫米、含铬 0.05% 的镀银红宝石圆柱体，在实验中用螺旋形脉冲氙灯照射该圆柱体，实现了 75% 的荧光效率，后来甚至达到 100%。于是，波长为 694.3 纳米、峰值功率为 10 千瓦的频谱纯度很高的深红色激光产生了。

由此可见，梅曼的"三大法宝"是持之以恒（积累经验）、科学预见（选红宝石做材料）和开拓创新。毋庸置疑的是，他开创激光新纪元的成就绝非偶然。

在发明激光的过程中，还有三个重要的物理学家——法国（出生地阿尔萨斯原来属于德国）的卡斯特勒（1902—1984）和他的学生布罗塞尔，以及美国的比特。在隔洋相对的朋友比特有关"光抽运"的

思想启发下，卡斯特勒和布罗塞尔于1955年在实验中观察到了光抽运现象。接着，他们还实现了光抽运和"光磁共振"的结合，完成了研制激光的核心技术。遗憾的是，比特羞于面子，拒绝了卡斯特勒邀请他一起署名发表有关论文的邀请。于是，1966年的诺贝尔物理学奖只能让"激光之父"之一的卡斯特勒独享。

卡斯特勒

由此可见，激光这块"千人糕"，也是"一根柴火煮不熟萨杂"〔津巴布韦绍纳族谚语，萨杂（Sadza）是津巴布韦人民喜爱的主食白玉米面〕和"众人拾柴火焰高"的结果。

由于激光的亮度比太阳光还要高100亿倍，具有普通光没有的很多优良性能，所以它初降人世，就立即得到科学家们的青睐。

目前，科学家们已经用超过几百种的激光工作物质，获得了各种激光——红外激光、可见光激光、紫外激光、X射线（例如1984年10月美国普林斯顿大学研制出的波长为18.2纳米的X射线和劳伦斯利弗莫尔实验室研制出的15.5纳米的X射线），以及可调谐激光（例如梅曼的红宝石激光）等。

多路大功率钕玻璃激光放大器系统

激光器种类繁多。从工作物质来分，有固体激光器（例如梅曼的红宝石激光器）、液体激光器、气体激光器、自由电子激光器等。此外，还有在一定范围内可连续改变输出波长的可调谐激光器、光学谐振腔较大的大光腔激光器，等等。

1963年，美国的汽车工程师雷斯特在一家大医院"坐以待毙"——6次手术、3次放射性治疗、多次化学药物治疗之后，右肩上3个黑色肿瘤依旧"死而复生"。医生们会诊后决定让新式武器——激光上阵。在接连照射 18 天激光以后，雷斯特从"地狱"门口回到了人间"天堂"。从此，激光在医学上开始大显神通。

2005 年，美国发明了一种胜过警犬的激光探测器，用来探测隐藏的地雷和其他爆炸物。

梦幻般的"激光秀"

除了用于通信、治疗疾病和探测，激光还有许多用途：光纤传感器、测距和基准测量、参数测量、改变生物性状、材料加工、全息照相、照排、武器、跟踪和制导、核聚变、分离同位素……

目前，激光的研究还在紧锣密鼓地进行着——如美国物理学家约翰·马蒂（1943—2016）于 1971 年在斯坦福大学学习时的博士论文中首次提出的自由电子激光。

因为"在激光物理研究领域的突破性发明"，2018 年的诺贝尔物理学奖授予美国科学家阿什金（1922— ）、法国科学家毛罗（1944— ）、加拿大女科学家斯蒂克兰德（1959— ）。前者得到总奖金的一半，后两者平分总奖金的另一半。

而今，到处可见的激光已经步入各个领域：激光二极管、激光笔、激光枪……

摩擦力为什么会"消失"
——神奇的多氧素

"啊，提高了40%，这不可能！"

法国的海军工程师们惊叫起来。

像其他船厂一样，20世纪40年代巴黎的一家海军造船厂，也用人工水池来检测舰船模型的性能。这个模型长约2米，是真船大小的1/100。

每过几个月，工程师们就要在同样的水池、同样的船模和同样的功率下，重复实验。

可是有一天，他们发现实验结果无法重复了。实验室里一片困惑，于是有了前面的惊叫。

原来，"罪魁祸首"就是水池中的水。换大水池中的水费用很高，所以他们好几个月没有换水，于是水中就滋生了一种微小的海藻。这种海藻会分泌出微量的高分子——一种长链的多糖，它能减少固体和液体间的摩擦力。找到了原因，工程师们很快就解决了这个问题：往水池里多加些氯气，防止海藻滋生。这样，船模就立即降到稳定而正常的速度。

那么，可不可以发明一种高分子物质，来减少固体和液体间的摩擦力呢？

这种物质被科学家们发明出来了，而且得到了实际应用。

一幢高层大楼的11楼发生火灾，上面有一个小女孩困在大火里。消防队员把水龙头对准了11楼，可是，不管他的水龙头怎样"威猛"，水也只能射到 8 楼。怎么办呢？

消防队员把一小撮奇妙的高分子材料——长链的多氧素加到水里，消防水龙头的水柱立刻增高了 30%。水喷到了 11 楼，小女孩得救了！

消防队员"以少胜高"——10 升水里只加了 2 克多氧素，而它 1 千克才几十元。他们的功劳有科学家的一半——多氧素大大地减小了水和水龙头之间的摩擦力。

类似的故事发生在英国。布列斯托尔市是英国西部一个已有 800 多年历史的港口城市，它的下水道，是 19 世纪中叶维多利亚时代建造的，后来日益陈旧，不堪重负。要检修整个系统费用极高。市政工程师们又想起了多氧素——加进一丁点儿就让污水"健步如飞"。

为什么在溶液里有了一点高分子物质，固体和流体之间的摩擦力就会大减呢？

在水里加一点高分子物质，就像在汤里加一点面条，会使水的黏度变大。一般来说，黏滞的流体总比清澈的流体流得慢——就像蜂蜜比牛奶流得慢一样，但是加了高分子物质以后，我们却看到了恰恰相反的现象。

1991 年诺贝尔物理学奖的唯一得主、有"当代牛顿"美誉的法国物理学家皮埃尔－吉勒·德·让纳（1932—2007）认为，多氧素的小颗粒可能会堆积在一起，在流体中形成一个个小弹簧，产生弹性效应，因此降低了摩擦力。

那么，摩擦力的降低到底和液体的边界层有没有关系呢？科学家们为此争论了 10 年之久。

皮埃尔－吉勒·德·让纳

有趣的是，解决争端的并不是理论，而是德国科学家进行的一个聪明的实验。

这个实验是在一个流着水的长管子里做的。管子中部有一个喷嘴同一段细管相连，多氧素从喷嘴喷向水流的下游。显然，管子里的流体明显被分成了三部分。

在喷嘴左边"上游"的 P 区，是纯水区。通过测量 P_1、P_2 的压力差，可以知道这个区域里的摩擦力比较大。

在喷嘴右边"下游"的 D 区，是均匀区。由于液流引起的湍流，多氧素流到这里的时候，已经和水很均匀地混合起来了。这里的摩擦力比较小。这一点符合我们前面在大楼救

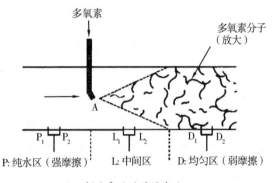

解决争端的关键实验

火、城市下水道检修里看到的情况。

"中游"L 区在高分子喷嘴 A 和区域 D 之间。由于水流速度相当快，多氧素一旦进入水里，不会反向流动。在这个区域，高分子开始逐渐充满管子，但是还没有到达管壁。令人吃惊的是，这里的摩擦力已经大大降低了。显然，在 L 区不可能形成上面所说的湍流边界层。

实验结果很明确——摩擦力下降，和边界层的性质无关。

法国海军造船厂在半个世纪之前就看到了这一现象，虽然至今还没有完全弄明白到底是什么原因，但是上面的实验事实胜于 10 年无谓的争辩。这给了我们一个很重要的启示。

德国物理学家玻恩于 1943 年在英国工作的时候，做了一个题为"物理实验和理论"的报告。报告的最后一句话是："对那些想要学会科学预见艺术的人们，我建议他们不要把自己约束在抽象的推理上，而应当尽力去译解大自然文库所传达的自然界密码，这个大自然文库就是实验事实。"

这句名言出自玻恩这位量子力学的创立者之一、1954 年诺贝尔物理学奖的两位得主之一的理论物理学家，就显得更加精彩。于是，我

们再次想起了那句同样精彩的名言："实践是检验真理的唯一标准。"

当然，多氧素加进水中以后，摩擦力并没有完全消失，但是大大减小了。

摩擦力让人又恨又爱，爱深，恨也深。

"想说爱你不容易"的例子是，在我们需要物体快速运动的时候，摩擦力一定会"反其道而行之"——像前面消防队员水龙头中的水那样，或者在我们需要"车子快跑"的时候。

"爱你在心口易开"的例子是，如果没有摩擦力，铁钉和螺钉会从墙上或螺母中滑出来，我们的手也拿不住东西，行驶的车辆刹不住车。1927 年 12 月 21 日，伦敦地面结了冰，车辆行驶都困难，大约有 1 400 人摔伤了手脚，被送入医院。

"爱有多深，恨也有多深"的例子是，如果没有摩擦力，车辆无法起动和行动；一旦行驶起来，人们又想摩擦力小一些而"多装快跑"，并且节约燃料；在"紧急刹车"的时候，我们又希望它"无穷大"，让车辆"戛然而止"。不过，此时车辆中的人就得小心因惯性而"勇往直前"，和车辆中前面的物体"亲密接触"了。

从路布兰到侯德榜
——纯碱生产200年

"啊，中国造！了不起！"

1926年8月，万国博览会在美国费城召开。博览会大厅的中国展台被围得水泄不通，外国人都竖起大拇指称赞。

当时，正值中国军阀混战，"堂堂华国，被侵于列强"之时，是什么产品让外国人怦然心动呢？

范旭东

1921年春，美国哥伦比亚大学研究院里，一位中国青年激动地阅读着一封来自祖国的信。这是化工实业家范旭东（1883—1945）寄给他的。

信中说，由于第一次世界大战爆发之后纯碱产量大大减少，加上交通受阻，英国一家制造纯碱的公司乘机谋取暴利，纯碱价涨了七八倍，甚至不给中国供货，以致中国以纯碱为原料的工厂都纷纷倒闭了！

那么，生产纯碱真那么难吗？那时中国自己不能生产吗？是的。

早在17世纪，人们就从草木灰和盐湖水中提取纯碱，用来生产肥皂、玻璃、纸张等，但是产量显然很有限。

1756年，爆发了以英法争霸为主的全欧洲的战争。由于1760年法国海军的彻底溃败，为法国提供植物碱源的盟国西班牙向英国臣服。

由于西班牙碱源的断绝和英国明令禁止其他各国向法国输入纯碱，法国人不得不啃着酸味浓重的黑面包——纯碱的确关系国计民生。它在战争和其他领域中的重要地位，自然也不在话下。

在这种情况下，法国科学院在 1775 年悬赏 12 000 法郎，征求可大规模生产纯碱的方法。一个叫马厚比的人揭榜了。他用硫酸把食盐转化为硫酸钠之后与焦炭、铁共熔，再在空气中的二氧化碳作用下得到碳酸钠。但他的方法存在工艺复杂、成本高、碳酸钠纯度不高等缺点，没有得到推广。其后各届法国政府也如此悬赏，一直持续到法国皇帝拿破仑（1769—1821）时代。如梭的岁月一年年流逝，却依然没有"真正的英雄"，于是法国科学院和政府又加大了奖金数额，但"涛声依旧"。

1788 年，"真正的英雄"——法国医生路布兰（1742—1806）终于走进"江湖"。他首创从工厂里用食盐和硫酸生产纯碱的"路布兰法"，在一定程度上缓解了"碱荒"。

这里，还有一个"墙内开花墙外香"的故事。在法兰西人因战乱缺乏硫酸而不能迅速推广的路布兰法，却渡过英吉利海峡在敌国英国大放异彩：1814 年，工程师洛希把路布兰法介绍到英国，而英国政府又在 1823 年豁免盐税……

路布兰法存在生产过程不连续、劳动强度大、纯碱含杂质多、煤耗很大、设备易腐蚀等许多缺点。

制纯碱的第二种重要方法，是比利时化学家索尔维（1838—1922）在 1862 年取得专利的"索尔维制碱法"，或称"氨碱法"。氨碱法原料便宜、副产品氨和二氧化碳可循环使用、可连续生产、产品纯

索尔维　　　　　　路布兰

度高——此时才被称为"纯碱"。氨碱法生产出来的纯碱产量、质量高，成本低，所以逐渐将路布兰法淘汰。1873 年，索尔维公司生产的纯碱获得了维也纳国际博览会的质量纯净荣誉奖。到了 20 世纪 20 年代，氨碱法已全面取代了路布兰法。

由于氨碱法有这么多优点，所以生产技术被制造商严格控制，不

让它有丝毫泄露。利用氨碱法专利，英国卜内门公司从 19 世纪末就大量（年产量达 20 万吨）生产纯碱，也因此发了大财。

侯德榜

前面说的收信的中国青年名叫侯德榜（1890—1974）。收信之前 8 年，他到美国留学，为的是把外国的先进科学技术学到手，来振兴民族工业。他先后在麻省理工学院、纽约哥伦比亚大学研究院学习、研究，最终获得哥伦比亚大学哲学博士学位。

中国工业的发展需要重要的化工原料纯碱，可自己不会生产，完全依靠进口，当时被英国人卡住了脖子，侯德榜真是又担忧，又气愤。

同时，范旭东在信中还讲到他决定筹建永利制碱厂，使中国也能生产纯碱，特邀请侯德榜回国担任总工程师，这就是他来信的主要目的。

这当然是件鼓舞人心的大好事，然而对侯德榜来说，这确实是十分突然的。他这些年一直致力于研究制革，他的博士论文也在美国制革学术刊物上发表，受到国际制革界重视，如果按这条路走下去，定会有所建树。至于制碱，他并不精通。

当侯德榜想到英商对中国的欺负和垄断，想到范旭东的爱国精神，他心潮澎湃，热血沸腾，毅然做出放下制革的决定，决心要振兴中国的纯碱工业。

1921 年 10 月，侯德榜毫不犹豫地踏上了回国的路程，担任了永利制碱厂总工程师，决心创建中国第一家制碱工厂。

由于英商的垄断封锁，侯德榜只了解氨碱法以食盐、石灰石、氨为主要原料，得不到其他半点技术资料。一切都只好靠自己来摸索研究。

侯德榜满怀打破外国垄断，一定要靠中国自己的力量生产出纯碱的豪情壮志，不断地刻苦研究、实验、探索，终于在 1924 年 8 月 13 日开工，建成了中国，也是亚洲第一家用氨碱法制碱的塘沽永利制碱厂，并正式生产"红三角"牌纯碱！后经过不断改进，终于在 1926 年 6 月

29 日生产出碳酸钠含量达到99%以上的碱纯。中国人从此打破了英商对纯碱的垄断！

1926 年 8 月，中国生产的"红三角"牌纯碱，在美国费城的万国博览会上得到称赞之后，获得金质奖章。

永利制碱公司于 20 世纪 20 年代在塘沽建成的中国第一座纯碱厂

这里，顺便介绍一下又名世界博览会（简称"世博会"）的万国博览会。它首先是由英国于 1851 年 5 月 1 日在伦敦的"水晶宫"（后毁于大火）开始举办的，当时叫"伟大的博览会"（Great Exhibition）。由于这第一届博览会以工业产品为主，所以这届博览会又叫"伦敦万国工业产品大博览会"——中国则译为"炫奇会"。中国商人徐荣村（1822—1873）参加了该届展会，成为中国参加世博会的"第一人"，并以"荣记湖丝"（蚕丝）荣获金、银大奖。

氨碱法有食盐利用率仅 70%、产生用途不大的副产物氯化钙等缺点，所以各国化学家又做了新的改进。德国格鲁德教授和吕普曼博士在 1924 年研究出了一种称为"察安法"或"中间盐法"的一种新

未毁之前的"水晶宫"外观

循环方法。这种方法的食盐利用率已为 90%~95%。

正当永利制碱厂蒸蒸日上，达到日产纯碱 180 吨的时候，日寇入侵中国，对这个亚洲最大的纯碱厂垂涎三尺。他们上门派人游说，企图收买范旭东和侯德榜，但遭到拒绝。"宁肯让工厂死掉开追悼会，也绝不和日本人合作。"他俩斩钉截铁地说。接下来是日寇恼羞成怒地对纯碱厂的狂轰滥炸，企图逼迫范、侯二人就范。在此情况下，范、侯二人当机立断，决定将工厂内迁到四川五通桥，建立永利川西化工厂。

如用五通桥含盐浓度低的卤水熬盐制造纯碱，成本较高；如用塘沽厂原来的技术制碱，在川西则难以维持生产。当务之急是再次寻求新的制碱法。当范旭东和侯德榜一行在柏林商洽购买"察安法"技术专利时，却吃了闭门羹——德国人拒绝他们参观工厂，索要高价转让费，并规定中国产品不得在东三省销售！这些无理要求，自然遭到范、侯二人的严词驳斥，而谈判最终还是破裂了。回到住所，侯德榜等铿锵有力地说："黄头发的外国人能办到的事，我们黑头发的中国人也一定能办到！"

回国以后，在侯德榜的主持下，吸收了"察安法"的优点，在当时的上海法租界、美国哥伦比亚大学、五通桥三地试验，终于在1939年发明了"侯氏制碱法"。这个名称是范旭东在1941年3月15日提议命名的，又叫"联碱法"。

联碱法的创新在于，它把察安法的单一母液循环改为双母液间的双向循环，将合成氨与氨碱法两个工艺联合起来，同时生产纯碱和氯化铵（联碱法由此得名）。联碱法的原料是氨、二氧化碳和食盐。这种方法的优点是，氯化钠的利用率提高到了96%以上，综合利用了合成氨厂的二氧化碳，节省了蒸氨塔、石灰窑等设备，没有由蒸氨塔出来的难以处理的废料，成本更加低廉，所以联碱法已经成为现代生产纯碱（和氯化铵）的主流方法。

1943年，侯德榜被英国化学工业学会选为名誉会员。此前的1933年，他在纽约出版了《纯碱制造》一书，无私地向全世界公布了保密70年之久的氨碱法，得到全世界"谢谢中国人"的赞誉。

"假饲喂" 引出真学说
——巴甫洛夫探秘"望梅止渴"

"砰！"

19 世纪 80 年代末的一天，一个猎人不小心，猎枪走火了，子弹射进了自己的腹部。

医生救了猎人的命，可惜伤口长期不能愈合，在腹部留下了一个通向胃部的小洞——医学上把这通道叫作瘘管，只好用纱布盖着；而聪明的医生则利用这个难得的"窗口"，来观察猎人的胃的活动情况。

这个偶然事故的消息传开了，一个科学家由此得到了很大的启发，从而诞生了一个新的学说。

这是怎么回事呢？

原来，随着科学的发展，人类在 19 世纪下半叶对自己身体各部分的构造已经基本清楚，但是对内脏器官的工作机理，对"司令部"——大脑以及神经系统的活动规律，却知之甚少。原因很简单，内脏和大脑神经都"深藏不露"，谁也看不见它们是如何"学习工作"的。

怎样才能观察到它们的活动规律呢？科学家们绞尽了脑汁。

俄国杰出的生理学家巴甫洛夫（1849—1936）走在了前面。

在巴甫洛夫之前，研究生理学的科学家们，大多采用一种"急性生理实验"的方法。例如，将狗麻醉后解剖，取出内脏器官来做实验。

巴甫洛夫认为，在这种情况下，狗的器官已停止了正常的工作，观察的结论当然不会准确。他主张用"慢性生理实验"的方法——实验的时候不麻醉、不让器官离开机体。这样，就能准确观察到器官活动的真实规律。巴甫洛夫想：营养是生命的来源，要了解人体内脏的机理，就要从研究消化开始，首先应当观察胃的消化活动。

巴甫洛夫

怎么能看到隐藏的胃的活动呢？

猎枪走火的消息传来了。受到医生利用"窗口"的启示，从1888年开始，一个大胆的实验设计渐渐在巴甫洛夫的头脑中形成。他用纯种的俄国牧羊狗代替人做实验：先将狗胃的一部分割开，做成一个通向体外的胃瘘管，再在狗的脖子上开一个口子，把食管切断，然后把两个断头都接到体外。

在实验台上，带瘘管的狗的面前摆着一个装着食物的盘子。面对美味佳肴，饥饿的狗狼吞虎咽，可是咽下去的食物半路上就从食管切口处掉了出来，又落在食盘里。狗虽然吃个不停，但胃却始终唱着"空城计"。有趣的是，食物虽然没有停留在胃里，但狗的嘴巴一咀嚼食物，胃就开始分泌胃液。因为胃内没有杂物，透明纯净的胃液就从瘘管一滴一滴地流入外面接着的试管里。

巴甫洛夫用狗做实验

这个著名的"假饲"实验告诉我们，食物并没停在胃里，但胃已经开始分泌胃液。这说明胃液的分泌不是食物刺激胃的结果，而是"司令部"通过神经下达了命令——食物一入嘴，味觉神经就向"司令部"报告："食物来了，胃准备！"信号从大脑传到胃，胃液就分泌出来了。

不仅如此，巴甫洛夫在实验中还观察到许多"奇怪"的现象。例如，当狗一看见食物，还没叼进嘴里，瘘管里就开始滴出胃液，这说明不只是味觉神经可以向大脑报告"食物来了"的消息，眼睛看见食物以后，也可向大脑发出报告；甚至不让狗看食物，只是把香肠、火腿等藏在口袋里，灵敏的狗鼻子闻到了香味，也会有胃液滴出，这证明大脑已收到了鼻子发出的"准备消化"的信息。

综合这些现象，巴甫洛夫得出结论：大脑控制、支配着胃的消化活动，它是指挥全身各器官协调工作的"司令部"。

此前，巴甫洛夫在1888年就发现了支配胰腺的分泌神经，但直到20年后才引起学术界的重视。

1904年，巴甫洛夫因为上述"在消化生理方面的研究工作"，独享诺贝尔生理学或医学奖，成了俄国第一个获得诺贝尔奖的科学家，也是世界上第一个获此殊荣的生理学家。

巴甫洛夫并没有因此停步。"研究大脑活动规律，认识人体的司令部"，成了他下一个攀登的目标。从1904年开始，他花了30来年时间进行这种研究。

巴甫洛夫注意到，当狗看到食物，或闻到食物的香味的时候，不仅能分泌胃液，嘴角也会流出口水。他决定通过唾液分泌去研究大脑。

巴甫洛夫在狗的面颊上切开了一个小口，使唾液腺的导管经过它通到体外。这样，狗的唾液不是往嘴中流，而是流到挂在面颊上的漏斗中，滴入下面的量筒里。

给狗喂食物，唾液马上流了出来，这属于天生的反射——巴甫洛夫称为"非条件反射"。非条件反射不需要任何训练，无论动物和人都是这样。巴甫洛夫构想了一个奇特的实验。在给狗喂食之前，打开电灯。因为灯光与食物没有任何联系，狗根本不理会，也不流唾液；而开灯后立即给狗喂食，狗的唾液就流出来了。从此，凡是喂狗的时候，灯光和食物总是先后同时出现，这样重复多次后，一个"意外"的现象出现了：只要灯光一亮，即使不喂食物，狗也会流出口水。可见，在狗的大脑里，灯光已经变成了食物的信号。巴甫洛夫把这称为"条件反射"——我们把它称为"望梅止渴理论"。

《三国演义》中话说曹操带兵征伐张绣，长途跋涉，又逢酷暑，将士饥渴难耐。大智过人的曹操心生一计，用马鞭往前方一指，说，大家火速前进，到前面梅子林歇凉，吃梅子。将士们听了，不觉口生唾液，饥渴得以缓解，脚下的步子也轻快起来。这就是"望梅止渴"的典故。

条件反射是暂时的。对一条建立了前面提到的条件反射的狗，如果总是只亮灯光，不给食物，狗的口水就会一次比一次少，最后就不再流口水了。此时，暂时建立起来的神经联系也就消退了。

巴甫洛夫认为人类的心理活动也是一种复杂的条件反射，但同动物的行为有本质上的差别。因为人类在进化过程中学会了劳动，同时产生了语言。他把语言叫作第二信号，由语言引起的活动，叫作第二信号系统活动——人类特有的高级神经活动。巴甫洛夫通过30多年的研究，证明动物只有第一信号系统这一种高级神经活动，也就是由现实的具体刺激引起的条件反射；而人类则具有第一和第二信号系统这两种高级神经活动。

巴甫洛夫创立的高级神经活动学说，有史以来第一次对生物高级神经活动做出了科学论述。他非凡的创新实验，为观察神经活动安装了明亮的"窗口"，为研究人类大脑皮质的一系列复杂问题，开辟了新的途径。

说巴甫洛夫的实验是"非凡的创新"，一点儿也不过分。下面的历史可以做证。

1822年6月，有一个法国籍的加拿大皮货商（一说是美国士兵）圣马丁，在美国和加拿大交界的一个交易所被意外走火的猎枪打中了。虽经陆军医生波门特治疗后死里逃生，但却在胃部流下了一个"窗口"。波门特利用这个窗口，用橡皮管引出胃液进行了长达8年的研究，得到胃液呈酸性等成果，并在1833年写成一本关于胃液和消化生理的专著，但是他却没能得到巴甫洛夫那些成果。

当然，巴甫洛夫也是"站在巨人肩上"的——他的老师、俄国著名生理学家谢切诺夫（1829—1905），在1863年就出版了《大脑反射》等名著，做了奠基性的工作。

巴甫洛夫留给我们的科学遗产，除了《巴甫洛夫全集》6卷等，还给了我们科学研究的格言："不学会观察，你就永远当不了科学家。""观察，观察，再观察"，是他一生的座右铭。

窥视人体内的奥秘
——从 X 线到 MRI

"钡餐"、X 线、CT、MRI……我们在医院里经常听到这些名词。它们在最近一个多世纪陆续为疾病患者带来福祉。

1895 年 11 月 8 日夜，德国物理学家伦琴（1845—1923）发现了 X 线。第二年初，X 线的穿透性就"立竿见影"：美国哥伦比亚大学的一位教授首先从一张 X 线照片中发现人体内的异物——猎枪误伤者体内的霰弹。1900 年，X 线开始用来治疗疾病——狼疮和上皮癌。从

纪念首届诺贝尔科学奖颁发给 4 位科学家（右一为伦琴）60 周年的邮票，1961 年 12 月 9 日由瑞典发行

此，X 线就开始为诊治疾病"建功立业"，直到 100 多年以后的今天，依然"宝刀不老"。

1914 年，爱迪生的助手威廉·戴维·库利奇（1873—1975）发明了热阴极高真空管，它逐渐取代了原来的离子型 X 线管，使 X 线照相术逐渐进入了实用阶段。出生在英国的美国物理学家、发明家伊莱休·汤姆森（1853—1937）则是改进 X 线管和 X 线照片的先驱。

人们很快就发现，用 X 线拍摄，只能得到平面的黑白照片，于是就千方百计加以改进。

1924 年，一位美国医生发明了在股动脉血管中注射碘化钠溶液（含 NaI 为 50%）的造影法，应用于 X 线诊断。接着，碘化物造影法又被用于生殖泌尿系统、循环系统和胆道。这类造影法的始祖是美国生理学家坎农（1871—1945）等。1898 年，他们起先用铋盐，后来改用钡盐为胃肠道造影（俗称"钡餐"）。坎农是美国 20 世纪贡献最大的美国生理学家之一，也是把重金属化合物（包括碱式硝酸铋、氢氧化铋与硫酸钡）混合之后用于 X 线探测消化系统的世界第一人，还是把 X 线用于生理学研究的世界第一人。

伊莱休·汤姆森

借助于 20 世纪 50 年代的 X 线电影拍摄术及视频磁带录像，科学家们开辟了二维空间 X 线分辨力的研究。

20 世纪 60 年代，美国女博士洛根将加大的慢速 X 线管用于检查乳房肿瘤，而此前的快速 X 线管一直无能为力。

1961 年，美国奥登多佛提出电子计算机 X 线光体层术理论，最终导致 CT 的诞生。

坎农

CT 的英文全称是 computed tomography，CT 就是"电子计算机 X 线断层成像"（装置）的英文缩写，也就是我们经常简称的"CT"。

美国图夫茨大学的美籍南非理论物理学家科马克（1924—1998），于 1955 年受聘到南非开普敦市一家医院放射科工作。1964 年，他在南非发明了"科马克算法"：把一个物体的许多投影重新组合成这个物体断层图，解决了 CT 的数学理论问题；他还做了实验。科马克解决这个问题的数学基础，是 1917 年奥地利数学家拉东（1887—1956）在积分几何研究中引进的一个变换。

在英国 EMI 公司试验中心工作的英国科学家豪斯菲尔德（1919—2004），根据他于 1967 年设计、发明的 CT 机的主体部分，由他当负责人，和神经放射学家阿姆布鲁斯等协作，在 1971 年 9 月造出第一台 CT 机，并在 1971 年 10 月 4 日首次在英

科马克　　　　　豪斯菲尔德

国伦敦郊外的阿特金森－莫利医院用于人颅脑检查。次年 4 月，二人在英国放射学年会上报告了 CT 机的诞生和临床应用价值。1976 年，这种仪器在莱德利的改进之下，已经用于全身检查。

1979 年，科马克和豪斯菲尔德分享了诺贝尔医学或生理学奖。此时 CT 机已经生产出 1 000 多台。现在的 CT 机已经改进到第六代。

那么，CT 机的工作原理，或者说它的创新之处是什么呢？

当带电粒子穿过无机晶体（如碘化钠）、有机晶体（如萘）、有机液体

早期的 CT 机

（如甲苯）和一些有发光剂的塑料的时候，粒子径迹的周围就会发出荧光脉冲。这个脉冲叫"闪烁"，这些物质叫"闪烁体"。把这一脉冲引到光电倍增管的阴极，则对应的阳极就会有一个相应的电脉冲，从而可记录下这些电脉冲。

剩下的问题是：用什么带电的粒子来轰击物体，从而获知这个物体的参数，以及怎样把它"翻译"出来。

科马克首先完成了这个创新——用上面提到的科马克算法。CT 机用一束 X 光穿过人体，在对面由闪烁体接受闪烁次数的多少、吸收情况等，从而反映出人体组织的密度；再用科马克算法由电子计算机绘

制出人体断层图，诊断出人体组织的情况，从而发现是否有疾病。

CT 还把 X 线的黑白平面图像，发展到黑白立体图像和彩色立体图像。

CT 的"兄弟姐妹"中，后来还增加了"超声波 CT"（ultrasonic CT）、电阻抗 CT（electrical imped-ance CT）、单光子发射 CT（single photon emission）、伽马发射 CT（即 γECT 或 ECT）、正电子 CT（即 PCT）、（核）磁共振 CT（mag-netic resonant imaging CT）等。这

CT 机用于人体检查

些利用"闪烁技术"的、能明察秋毫的各种 CT 机，不只是用于医学，还用于找矿、制造、农业、食品、反应堆组件的无损评估、火箭发动机和导弹等部件及钢板焊缝的无损检测、水泥制品的质量检查等领域。

核磁共振，又称为"核磁共振成像"即 MRI（magnetic resonance imaging），常被人们简称为"磁共振"。MRI 和 CT 相比，不是利用电离辐射成像，用于医学诊断的时候，比 CT 更好：不杀伤人体细胞；不仅可以得到密度图，还可以得到密度、T1、T2 三幅图；更能分辨软组织；能穿透骨骼；分辨率优于 0.3 毫米。当然，MRI 也有局限：体内有金属或起搏器的病人不适于这种检查，患幽闭症的人也难以经受这项检查。

MRI 也是许多科学家不断创新才制成的一个"千人糕"。

1924 年，奥地利物理学家泡利（1900—1958）首先发现了某些原子核具有核磁共振（NMR）的特性。1946 年，哈佛大学的美国物理学家珀塞尔（1912—1997）和斯坦福大学的美籍瑞士物理学家布洛赫（1905—1983），各自独立用实验证实了 NMR 现象。他们还解决了一些相关的问题，使之走向实际应用，从而共享了 1952 年诺贝尔物理学奖。

继 1967 年杰克森首次在活体中得到 NMR 信号以后，美国医生、发明家达马丁（1936— ）在 1971 年首先提出 NMR 可能成为诊断肿瘤的工具的设想。达马丁在 1977 年制成 MRI 样机得到自己的手腕图像以后，在 1980 年制成了第一台成熟的 MRI 机。

珀塞尔　　　　　布洛赫

大致同时，美国化学家劳特伯（1929—2007）和英国物理学家曼斯菲尔德（1933—2017）爵士也在进行 MRI 的研究。

劳特伯的发明是，在 1973 年把梯度引入磁场中，从而创造了一种用其他手段看不到的二维结构图像；他还发明了今天称为"平面反射波扫

达马丁

描"的技术——通过快速的梯度变化可以得到转瞬即逝的图像。这被称为"劳特伯算法"。但是，一家杂志的主编却不同意发表劳特伯的论文，于是劳特伯又把论文寄给这家杂志的一个编委。最后采取了折中方案——发表论文摘要。

曼斯菲尔德的贡献是，利用磁场中的梯度更为精确地显示 NMR 中的差异，使 NMR 技术达到实用水平。

2003 年诺贝尔医学或生理学奖被劳特伯、曼斯菲尔德平分，以表彰其对 MRI 应用于医

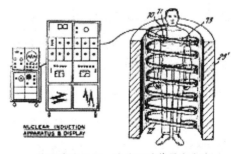

检测癌症组织：达马丁的装置和方法

学领域的重大贡献。在允许三人同时获奖的前提下，达马丁没有获奖，曾引起很大的争议。

MRI 是基于强磁场的研究成果。强磁场是现代科学最重要的极端条件之一，在此极端条件下，物质的特性可以被调控，这就为科学提供了研究新现象、发现新技术的机遇。所以，强磁场被称为诺贝尔奖的"摇篮"——有关这方面的研究截至 2018 年获奖不少于 19 次。可喜的是，目前中国对强磁场的研究成果，居于世界前列。2017 年通过验收的"稳态强磁场实验装置"就是"中国造"。其中混合磁体（提供了 40 万高斯的稳态强磁场，全世界除了美国，只有中国才能达到）里的外超导磁体，提供了 80 厘米的室温孔径，这项研究成果在目前世界上独一无二。

NMR 的发现，带来的不仅是物理学"嫁接"医学的、用于诊断疾病的 MRI，以及这种不同学科"联姻"的启示，还有其他许多成果。瑞士的里查德·欧内斯特（1933—　），就因为发明高分辨率的、划时代的 NMR 分光技术，独享 1991 年诺贝尔化学奖。他的

劳特伯　　　曼斯菲尔德

同胞库尔特·维特里希（1938—　）也因为用 NMR 技术测定溶液中生物大分子三维结构的方法等贡献，成为 2002 年的三位诺贝尔化学奖得主之一，得到总奖金的一半。

MRI 有三个方面的优势。一是对人体基本上没有伤害；二是能得到逼真的三维图像——医生看人体内部就像看"超市"中的商品；三是可以看动态（例如血流）、看功能。

MRI 也有三个缺点。一是有的情况不能做，例如有些安了心脏起搏器的病人；二是病人被放在狭小的空间内，容易产生幽闭恐怖感；三是目前成本高，不普及。

不过，上述第二个缺点在近年得到了一定程度的克服。2005 年，德、美两国科学家成功地把庞大的 MRI 缩小到手提箱大小，而且不必

让检测对象处在它的磁场的包围之中，这就避免了被检查的病人的幽闭恐怖感。

近年，利用 X 线又有了一项新的分析技术——"X 线荧光技术"（MXRF）。"X 线荧光"，是指受 X 线（"照射光"）照射激发之后发出的"次级 X 线"——它与"照射光"的波长和能量都不同。由于 X 线荧光的波长和强度，分别取决于物质中元素的种类和含量，所以利用这个规律，就可以检测出物质中元素的种类和含量。

利用 MXRF，可以进行宇航探测——例如美国科学家进行了小行星探测；可以进行考古研究——例如中国科学家分析出秦始皇兵马俑的烧制温度在 850 ~ 1 030 ℃；刑事侦破——例如利用手指和物体接触后留下的汗液蒸发之后的盐分来重现指纹。这项技术还可以用于工业生产、古文物和字画真伪鉴定等许多领域。

用 MXRF 得到的指纹

以上探测技术，都多少要向探测对象发射出放射性物质，有的会伤害探测对象；而应用约瑟夫森（英国物理学家，1940—　）效应的干涉器件技术（SQUID）则只"探测"，不"发射"。1969 年，SQUID 已经首次用于检测微弱生物磁场。用 SQUID 得到的"脑磁图"，将广泛用于医疗临床。

创新为了小麦高产

——金善宝和李振声各辟蹊径

"密斯特金，拿这些剩饭去给中国人吃吧！中国人正饿着肚皮呢！"20 世纪 30 年代初的一天，在一次大学的聚餐会上，一个美国学生这样轻蔑地对"密斯特金"这样挑衅和嘲笑。

"遗憾得很，中国离这儿太远了，还是请先生拿到芝加哥去吧！那里失业的人有的是，正需要这些剩饭呢！""密斯特金"毫不示弱，反唇相讥。

显然，这位"密斯特金"是中国人。那他究竟是谁，为什么又从亚细亚跑到美利坚去了呢？

在浙江省诸暨市，有一个 300 多户人家的石峡口村。石峡口村四面环山，绿树葱茏的南山脚下有一条清水溪，溪水清澈见底，终年流水潺潺，穿越约 2 千米长的山间峡谷，经过诸暨盆地，最终流进大海。几乎都姓金的石峡口村的村民们，栽桑养蚕、种植茶树，或以山上的毛竹为原料土法造纸，远销绍兴、宁波一带。"密斯特金"——金善宝（1895—1997）就诞生在这里的一个金姓秀才家中。

金善宝

从 6 岁开始，金善宝就在父亲任教的本村私塾里读书。不幸的是，13 岁那年，他的父亲生"搭背疮"，因少药延误而病逝，私塾就停办了，他只得早出晚归到枫桥镇小学的高小部读书。"塞翁失马"——求学路上来回奔波的艰辛和早年丧父的磨难，练就了他坚韧不拔的意志。自幼热爱劳动，中学寒暑假几乎整天都帮助母亲在桑园、竹园里劳动的他，深深地体会到旧社会农民的疾苦和农业生产的落后，强烈地激发了他求知和改善农村状况的愿望。而勤奋学习得到的扎实基础知识和他对影响农作物生长的诸多环境因素的观察记录，则是他日后大展宏图的"本钱"。

1920 年，金善宝在南京高等师范学校农业专修科以优异的成绩毕业以后，进入这个学校在南京市皇城的小麦试验场当了一名技术员，开始了他振兴中国农业的科研生涯。

皇城小麦试验场，是中国著名实业家荣毅仁（1916—2005）之父荣德生（1875—1952）的哥哥——"面粉大王""棉纱大王"荣宗敬（1873—1938）每年出资 5 000 元资助的。虽然它只有 106 亩（1 亩 = 1/15 公顷）地，设备简陋，经费也不多，但却是中国小麦研究史上的一个地标点。

1921 年，南京高等师范学校改名为东南大学，并设立了农事试验总场。随后，皇城小麦试验场并入总场，金善宝改任总场技术员。他在此工作的 6 年间，选育了"姜堰黄皮""武进无芒"等深受农民欢迎的优良小麦品种。

1930 年，金善宝到美国康奈尔大学农学院和明尼苏达大学农学院学习，就遇上了前面那个美国学生的挑衅。深感"中国积弱，至今极矣"而受人欺负，但又有强烈民族自尊的金善宝愤怒地反击，维护着祖国的尊严。他还拒绝了导师的高薪挽留，决心回国用自己的满腔热血，改变中国的落后面貌。

1932 年初，金善宝毅然离美回国后，先后任杭州浙江大学农学院副教授和南京中央大学农学院教授。他和他的助手们克服了种种困难，从 790 多个县搜集的大量品种中，选育出了一批优良小麦品种，使当时的小麦明显增产。1934 年他撰写的中国第一部小麦专论《实用小麦论》，连同早在 1928 年就发表的《中国小麦分类之初步》，以及 1945 年发表的《中国小麦区域》等，都是中国小麦研究、教学和生产的重要文献。

1937 年卢沟桥事变以后，金善宝随中央大学西迁到重庆沙坪坝。他与杰出的林业化学家、中华人民共和国成立之后的第一任林业部部长梁希教授，同住在一间不到 9 平方米的竹制简易平房中。他和同事们没有在艰苦的条件面前"知难而退"，而是在 1939 年从 3 000 多份国外引进的品种中，系统选育出适合长江中下游栽培的"南大 2419"和"矮粒多"两个优良品种。1949 年以后，这两个优良品种很快推广为我国南方冬麦区的主要品种。

中华人民共和国成立以后，金善宝根据我国幅员辽阔，地跨热、温、寒三带的优越自然条件，创造性地提出小麦"异地加代繁育"的设想，并在实践中获得成功。一年可繁育三代的优势，把春小麦新品种选育的时间从十年左右缩短到三四年，成为我国小麦育种的一个里程碑。他提倡的"南繁北育"，成为

新疆孔雀河出土的新石器时期的小麦表明，中国种植小麦的历史在 4 000 年以上

农业科技界广泛应用的术语和育种方法。同时，由他主持，先后培育出了京红系列优良品种，其中的"京红"7、8、9 号，平均单产超过当时风靡世界的墨西哥小麦的 10% ～ 20%。这几项成果和"中 7402"春小麦荣获 1978 年全国科学大会奖。

在 20 世纪 60 年代后期，黄淮地区耕种方式和作物品种发生较大变化，致使冬小麦晚播面积比例逐渐增大，平均单产大幅度下降，影响到全国的粮食总产量。对此，金善宝和他的助手们经过几年的努力，培育出耐迟播、抗病性强、稳产、高产、适应性广的新品种——"中 7606 号""中 7902 号"。这两个可晚播 15 ～ 45 天的小麦新品种，产量

一般要比当地推广品种高出 20% 左右，最高亩单产达 400 千克，深受广大农民的欢迎。它们的蛋白质、赖氨酸含量比一般小麦分别高出约 20% 和 10%。从 1973 年起，黄淮流域就成为中国冬小麦的主要产区，历年小麦的播种面积占全国的 40% 以上，这主要是金善宝改良小麦品种的功劳。

晚播小麦品种培育的成功，打破了冬小麦的常规栽培规律，是小麦育种的一个重大突破。

由于金善宝对小麦的诸多重大贡献，他被誉为"中国的小麦之父"。

金善宝对小麦情有独钟，年过耄耋也勇不减当年，并再立新功。

一天夜晚，忽然刮起了大风，他的女儿金作怡被一阵敲门声惊醒。她开门看到满身泥污的父亲，非常惊讶地问父亲半夜出去干什么？金善宝笑笑说："听见刮大风，睡不着，去温室看看窗户关好了没有。"原来，他担心温室里的小麦受冻，就瞒着家人悄悄下了床，独自一人摸黑顶风，走了 1 500 多米的路，不小心跌倒在阴沟里……

这是 1981 年，农学家、教育家、中科院院士金善宝 86 岁。

1983 年，88 岁的金善宝和同事们一起，完成了多达 60 万字的《中国小麦品种及其系谱》。它是具有中国特色的经典之作，荣获 1985 年农牧渔业部科技进步一等奖，也得到了国际同行的高度重视。

1984 春，90 岁的金善宝又风尘仆仆地来到河南新野、邓乡等地考察，关注"中字麦"的播种情况。所到之处，农民们为了表达感激之情，把头一年丰收的麦穗恭恭敬敬地献给了这位"小麦大王"……

再来看看李振声。

2007 年 2 月 27 日，中国科技界"五大奖"的颁奖仪式，同时在北京人民大会堂的大礼堂内举行。著名植物遗传育种专家、小麦专家李振声（1931—　）院士，荣获 2006 年的国家最高科学技术奖。这"五大奖"中还有：国家自然科学奖、国家技术发明奖、国家科学技术进步奖和中华人民共和国国际科学技术合作奖。至此，"南袁北李"——中国农业科学领域的两大泰斗，都先后获得了国内科技界的最高奖项。

李振声独享2006年这一奖金高达500万元的奖项的主要成果，是他独创的"小偃小麦"系列——特别是"小偃6号"，亩产达到600千克，品质也很好。"要吃面，种小偃。"就是农民对"小偃"的赞美。他获奖的另一个重要原因是，在关键的中国粮食总产量连续5年下滑之后的2004年，提出了粮食需要实行恢复性生产的建议，被中央采纳。

1951年大学毕业以后，李振声被分配到中国科学院工作。5年后，他与课题组的13位同志响应中央支援西北建设的号召，调到陕西杨陵中国科学院西北农业生物研究所工作。几乎同时，黄淮流域和北方冬麦区条锈病大流行，造成小麦减产20%～30%，他从此开始了对小麦的研究。

那么，小偃小麦新种是如何培育出来的呢？

1926年，美国胚胎学家、遗传学家摩尔根（1866—1945）系统而全面地概括了当时遗传学的研究成果，创立了基因学说，提出了基因控制生物的遗传与变异，为现代遗传学的发展打下了基础。但是，苏联园艺学家米丘林（1855—1935）却过分夸大了外界条件的作用，而对生物本身遗传物质对生物性状的决定作用有所忽视。

李振声讲解小偃小麦新种是如何育成的

例如，他曾说过，杂种的组织，依靠两亲本不过1/10，依靠环境者却占9/10。

李振声做实验的结果，没有看出定向培育的效果（因为一般的栽培条件不足以引出遗传特性的改变）；而基因（性状）重组和分离的表现倒是非常清晰可见的。这就验证了"外因是变化的条件，内因是变化的根据，外因通过内因而起作用"的哲学原理。据此，使他很快明确了摩尔根遗传学更符合实际，可以指导育种工作的思路，因而，基本上没有走弯路。物理学家普朗克说："研究人员的世界观将永远决定着他的工作方向。"

"从野草中寻找灵感"，实现"远缘杂交"——李振声在北京从事过种植牧草改良土壤的研究，曾收集种植 800 多种牧草，对牧草有一定研究；而他的远缘杂交灵感又来自对普通小麦"不光彩身世"的了解。

普通小麦有什么"不光彩身世"呢？

"普通小麦是由三种野生植物经过两次自然的远缘杂交，经历了9 000年的选择才形成的。中东地区古墓挖出的 9 000 年之前的小麦，叫'一粒小麦'—— 一个小穗上只结一粒种子，产量很低。"2007 年 2 月底，李振声在中央电视台演播厅说，"后来，一粒小麦遇到了一种田间杂草——拟斯卑尔脱山羊草，发生了天然杂交。这样，它就变成了'二粒小麦'—— 一个小穗上长两粒种子，产量就提高了。"

"到公元前约 5000 年，二粒小麦又和另外一个山羊草——粗山羊草相遇，进行了第二次自然的远缘杂交，形成了普通小麦。"李振声继续说，"第二次杂交以后，小麦的面粉产生了非常大的变化。一粒小麦和二粒小麦磨出来的面粉都不能发面，到了普通小麦才能发起来。我们今天能吃到馒头、面包，就是因为能发面，这个基因哪里来的？就是它的第二个衍生亲本粗山羊草贡献的。"

于是，李振声根据小麦的"不光彩身世"，产生了另一种想法："普通小麦在人类的照料下成长了 5 000 年，而野草完全接受大自然的选择，不会像小麦那样娇生惯养。那就可以尝试把野草顽强的抗病基因加入到小麦里面去！"

李振声的课题组从几百种牧草中选出了 12 种牧草和小麦做杂交，

成功了三种，其中与长穗偃麦草杂交最好。这以后就集中做长穗偃麦草杂交——这样一做就是 20 年。

就这样，在解决了杂交不亲和（物种杂交不产生后代）、杂种不育和后代"疯狂分离"三个远缘杂交的难题之后，"以兴趣始，以毅力终"的李振声课题组终于取得成功。

当然，像金善宝和李振声这样为小麦丰产奋斗的科学家还有很多——小麦育种专家许为钢（1958—　）就是其中之一。他主持育成的"郑麦9023"，曾在 2004 年荣获国家科技进步一等奖，是 2007 年之前连续 5 年居中国种植面积最大的优质小麦品种。2007 年 7 月 18 日，在河南省召开的科学技术表彰大会上，这位 1958 年出

许为钢

生在重庆的"小伙"荣获该省"科学技术杰出贡献奖"，得到 100 万元奖金。

"以兴趣始，以毅力终""历史使人聪明""创新造福人类"——金善宝、李振声和许为钢等科学家的成功，这样告诉我们……

"水稻没有杂交优势"吗

——"禾下乘凉梦"这样开始

"啊!'瀑布'——金黄色的'瀑布'!"

瀑布怎么会是金黄色的呢?

2001年2月19日上午,中国首届国家最高科学技术奖颁给了吴文俊(1919—2017)和我们这个故事的主角袁隆平(1930—2021)。

吴文俊得奖,是因为拓扑学和数学机械化证明方面的重大贡献。那么,袁隆平又是凭什么在众多科学家中脱颖而出,摘取这个大奖的呢?

袁隆平获奖的原因是,他"突破了经典遗传理论的禁区,

吴文俊在领奖台上   袁隆平在领奖台上

提出了水稻杂交新理论,实现了水稻育种的历史性突破。现在我国杂交水稻的优良品种已占全国水稻种植面积的50%以上,平均增产约20%"。

那么,袁隆平"突破了"什么"经典遗传理论的禁区",又提出了什么"水稻杂交新理论"呢?

利用杂种第一代优势提高农作物产量,历来被认为是实现农业生产产量突破最经济、最有效的技术手段。早在20世纪30—40年代,美国就推广了优良的杂交玉米;20世纪50年代墨西哥杂交矮秆小麦培育成功,也为解决世界性粮食短缺问题做出了非常重大的贡献。

袁隆平"理所当然"地要选择杂交的方法，来提高水稻产量。

事实上，在1926年，中国现代稻作科学主要奠基人丁颖（1888—1964）就用普通方法育成了杂种稻；同年，美国科学家琼斯（J. W. Jones）也得到了杂交后代，并最先发现水稻的杂种优势。1958年，日本的胜尾清育成了"藤板5号"雄性不育系。1962年，印度科学家卡迪姆进一步提出了水稻下一代杂种优势在生产应用上的设想；马来西亚的布朗（F. B. Brown）、巴基斯坦的艾利姆（A. Allm）与日本的冈田子宽，都先后发表过各自在水稻杂种优势利用方面的研究进展。1964年，日本的新城长友还实现了粳型稻的三系配套。遗憾的是，这些试验一直没有突破性的重大成功——得到的杂种稻由于亲缘较近，没什么利用价值。

原因何在呢？原来，水稻是一种花器很小的自花授粉作物，异花授粉十分不易，于是很多人就知难而退，选择了放弃。自20世纪20年代以来，育种学家们在培育自花授粉的水稻杂交优势品种的工作上一直没有重大成功，而且还由此产生了一个"经典理论"——"自花授粉的水稻没有杂交优势"。水稻杂交被视为禁区。

袁隆平认为，当时是"形式逻辑"，水稻是自花授粉作物，因为不会退化，所以没有杂交优势；而像玉米这样的异花授粉作物，因为要退化，所以才有杂交优势。如果突破"经典理论"，将会使水稻产量大增。

袁隆平于1953年在西南农学院农学系毕业以后，就来到湖南黔阳（即安江）农校任遗传育种教师。选定用杂交方法提高水稻产量，袁隆平一直为此魂牵梦绕。袁隆平一边教学，一边及时了解国内外水稻育种的最新动态，一边细心观察周围稻田中具有特殊性状的、可为杂交使用的植株。

1960年7月的一天，袁隆平照例下田观察，一蔸形态特异、"鹤立鸡群"的水稻植株引起了他的兴趣。因为它株型优异，有10余穗，每穗有壮谷一百六七十粒，确实"与众不同"。从理论上讲，如果都种上这种水稻，亩产可超过 500 千克。他如获至宝般地将它照管起来，收获时得到了一大把金灿灿的种子。

第二年春，袁隆平满怀希望地将它们播到试验田里。不久，秧苗长高了。出乎他意料的是，植株参差不齐，怀胎、抽穗、扬花、灌浆后成熟也很不一致，迟的迟，早的早，没有一株性状超过它的前代。

开始，满怀希望的袁隆平感到懊丧，像泄了气的皮球，一屁股坐在田埂上："难道这些分离退化稻株尽是没用的育种材料吗？"

袁隆平就是袁隆平——不会轻易认输的袁隆平，从不急功近利的袁隆平！此时，他并没有让失望把自己打垮，而是积极思考出现这种现象的原因。

他一生的重大转折点就在这一天！

忽然，袁隆平灵感来了，他脑子"灵光一闪"，想起了孟德尔－摩尔根遗传理论的分离规律的观点：纯种水稻品种，它的第二代不会有分离现象，只有杂种的第二代才会出现分离现象。

"对！"去年发现的稻株，肯定是"天然杂交稻"的杂种第一代。

想到这里，袁隆平兴奋不已，因为这正是他梦寐以求的宝贝呀！既然自然界中客观存在"天然杂交稻"，那么，只要探明它的规律，就一定能够培育出人工杂交稻来！

1999 年，袁隆平这样跟一位记者描述那天的情景："当时我坐在田埂上，很苦恼，忽然灵感一现，现在这水稻是呈分离状态，而自交是不会有分离状态的，那它们的上一代——'鹤立鸡群'的那一代，就应该是天然的杂交稻，这岂不是说明水稻有杂交优势？"

这次发现和灵感并没有立即带来成功的喜悦——科学的道路从来都不平坦。

在 1964 年 7 月 5 日，经过 14 天头顶烈日、脚踩烂泥、手持放大镜的不停观察找寻，袁隆平又发现了 1 株雄性不育水稻植株。由此，选育雄性不育水稻取得初步成功。他的划时代的杂交水稻论文《水稻的雄性不育性》，发表在《科学通报》1966 年第 4 期上。1964 年和第二年，他又分别发现了 2 株和 4 株雄性不育植株。从 1964 年起，连续 6 年，他先后用 1 000 多个品种，做了 3 000 多个组合，进行了多方探索研究，但效果仍不理想。

袁隆平在田间

1970 年 10 月 23 日，袁隆平带领的两个学生之一李必湖（另一个是尹华奇），又在海南省崖县南红农场荔枝沟村的一片沼泽地中找到了一大片野生稻，从中发现了一株雄花败育野生稻，命名为"野败"，并育成"野败"不育株。

1971 年，袁隆平在全国用上千个品种做了上万个杂交组合，与"野败"进行回交转育。以后他又率先提出通过培育水稻"三系"——雄性不育系、保持系、恢复系进行杂交的设想，并含辛茹苦地加紧进行田间试验。

一些人对"杂交水稻理论"并不看好，说袁隆平是"不懂遗传学规律"。还有一些人说："什么'三代三系'，三代人搞不成器！"可是，在 1972—1973 年，袁隆平就突破了重重难关，在世界上第一个培育成"强优势籼型杂交水稻"（简称"优势水稻"）。从此，"自花授粉的水稻没有杂交优势"的"金科玉律"荡然无存，而取代它的就是袁隆平的"杂交水稻理论"。这里要指出的是："水稻杂交优势"的理论不是袁隆平首先提出的，袁隆平只是发现水稻杂种有优势，进而培育、推广杂交水稻，而理论上的解释是美国康奈尔大学的斯蒂芬·戴尔·坦克斯利（1954— ）在实验室提出的，他也因此与袁隆平分享了 2004 年"沃尔夫农业奖"。袁隆平是第一个获得该奖的中国科学家。

这里还要指出的是，袁隆平的杂交水稻研究在中国是开创性的，但世界上首次成功的水稻杂交是由亨利·贝切尔（1906—2006）于 1963 年在印度尼西亚完成的。这位与印度古迪维·辛格·库什（1935— ）共享联合国粮农组织 1996 年"世界粮食奖"的美国植物

育种家，被学术界称为
"杂交水稻之父"。此外，
经过多年的努力，日本科
学家新城长友在1968年找
到了野生的雄性不育株，
并提出了诸如赶粉等杂交
水稻育种新方法，首次成

坦克斯利　　　　　　贝切尔

功实现了基于"三系法"的水稻杂交技术。无论是贝切尔还是新城长
友的方案都存在着某些缺陷，使得水稻杂交停留在实验室阶段，无法
进行大规模的推广，未能完成杂交水稻的产业化。

"优势水稻"的根系发达、分蘖性很强、基秆粗壮、穗大粒多、米
质优良、适应性广、抗逆性好、高产稳产。1974年和1975年在中国南
方试种，效果很好。1976年开始，就在中国进行了大面积推广。从此，
中国成为世界上第一个实现利用水稻杂交优势的国家。

这就是发生在东方文明古国——中国大地上的，被称为"第二次
绿色革命"的震撼全世界的重大事件。

袁隆平发明的"优势水稻"，很快就被推向亚非拉美等地区的许多
国家，他的名字也名扬四海宇内。播种这种水稻，至今已为全世界增
产上亿吨稻谷。1979年，袁隆平在国际水稻年会上宣读了他的论文，
博得了来自世界各地200多位水稻专家的高度评价，他们公认中国杂
交水稻技术跃居世界领先地位。1982年，国际水稻研究所称袁隆平是
全世界的"杂交水稻之父"。

对于墨守成规的"权威"们来说，袁隆平"离经叛道"的"杂交
水稻理论"无异于"无法无天"。于是，20世纪70年代初，在海南岛
的一次座谈会上发生了这样的一幕：当袁隆平和其他年轻人就自花授
粉作物有没有杂交优势同两位老专家争辩起来而一问再问的时候，这
两位老专家竟拂袖而去。

不但如此，这一"拂袖"所产生的"风"，就"吹"了20多年。

原来，这两位老专家当时就是中科院的学部委员——现在叫院士。于是，从20世纪90年代开始，湖南省每年推荐袁隆平成为院士的努力都无功而返——两位老专家在选举院士的投票中，都投了反对票。此时，距离1981年国家科委把中华人民共和国成立以来的第一个特等发明奖颁发给"优势水稻"的发明人——湖南农业科学院杂交水稻研究中心主任袁隆平教授，已逾10年！而在此前的1980年，同一项目的专利转让给了世界头号科技强国——美国。

"青山遮不住，毕竟东流去。"在理论的重大创新和实践的巨大成功面前，历史终于选择了公道——1995年，袁隆平成为迟到的中国工程院院士。

袁隆平得过的奖励和荣誉不计其数。1985年10月，联合国知识产权组织授予他"杰出发明家"金奖。1987年11月，联合国教科文组织授予他"科学奖"。1995年，联合国粮农组织又授予他"世界粮食安全保障奖"，还聘他为联合国粮农组织首席顾问。1998年年底，某评估事务所评估"优势水稻"品牌价值1 008.9亿元，为中国第一品牌。至于像1988年3月在英国伦敦获得的国际朗克基金奖这类奖，更是难以计数。

作为国家杂交水稻工程技术研究中心主任的袁隆平，并没有在"三系"成功面前停步。他从1987年起经过9年研究，又于1996年研究出比"三系"还增产20%的"两系法亚种间杂交种组合"。1997年用"两系"在江苏试种3.6亩，产量达884千克/亩，居国际最高水平，比国际水稻研究所制订的超级育种计划提前6年达标。

袁隆平虽然早已名扬四海，成就斐然，公务繁忙，但他仍坚持几乎每天下试验田。一次去湖北黄冈，农民纷纷前来拜见，当见到他与农民一样粗糙、黝黑的手时，农民无不感叹万端："袁教授，您的手比我们还糙啊！"

袁隆平还先后把联合国教科文组织奖给他的奖金和美国水稻技术公司每年给他的1.5万美元顾问费全部捐出来，奖励青年科研者和资助科研项目。

襟怀宽广的袁隆平不但用他的发明让中国受益，而且还福荫八纮。他不但经常派出专家组赴越南、孟加拉等国进行杂交水稻的技术指导，并且几乎每年都要亲自到印度、缅甸等国指导有关技术，为全人类谋利益。

一个农民的儿子，工作在一个普通的岗位上，却做出了令人敬佩的伟大贡献，这正应了"行行出状元"的谚语。愿读者朋友也成为这样的"状元"。

2003 年 2 月 28 日 23 时 35 分，从 2001 年开始颁发国家科学技术最高奖以来的得主吴文俊、黄昆、王选和金怡濂齐聚中央电视台一套演播厅——此奖所有 5 位得主中唯有袁隆平

2017 年 10 月 15 日，袁隆平（左起二）在现场

没来；但是，他的画面来了。他说，我们培育的第一期超级杂交稻（指籼稻和粳稻杂交）已经成功，大面积平均亩产为 700 千克。他的"第二期"大面积平均亩产 800 千克，已经在 2004 年提前一年成功。他计划在 2012 年实现"第三期"的 900 千克——稻粒有花生米那么大，稻穗就像扫帚，长得像高粱那样高大，人可以在下面乘凉。他充满诗情画意地说，我们正在做"禾下乘凉梦"，说不定还有"第四期"的 1 000 千克……

事实上，在 2017 年 10 月 15 日，河北省邯郸市永年区河北硅谷农科院超级杂交水稻百亩示范田，平均亩产量就达到了 1 149.02 千克（约合 17.23 吨/公顷）。这一再创单季水稻亩产新高的世界纪录，提前实现了袁隆平提出的 17 吨/公顷的目标。"一花独放非胜景，万紫千红才是春"——更可喜的是，"为了大地的丰收"，中国的水稻研究并非超级杂交水稻一枝独秀。例如，仅仅 1 个月之后的 11 月 15 日就传来了

好消息，浙江省衢州江山市石门镇泉塘村泉塘畈的"甬优12"号百亩晚稻示范田，以平均亩产为 1 010.99 千克"紧追不舍"。

"对于不知足的人，没有一把椅子是舒服的。"美国科学家兼政治家本杰明·富兰克林（1706—1790）这句通俗而富有深刻哲理的名言，既能用于贬义，也可用于褒义。今天，我们把它的褒义献给永不知足的袁隆平——祝愿他坐在为全世界的粮食产量而感觉"不舒服"的"椅子"上，继续那永不消散的梦到"禾下乘凉"吧……

2005 年 11 月 27 日夜，在中央电视台的"新闻联播"中，播放了袁隆平的讲话。他自豪地回忆，在一次国际水稻研讨会上，与会代表们看到他的田间水稻照片中瀑布般泻下的水稻之后，就像故事开头那样惊呼——称超级稻是"瀑布水稻"。

在袁隆平的客厅内，挂着一个横匾，上面写着他自己创作的诗："山外青山楼外楼……百尺竿头非尽头。"看来，这位科学家的创新之路，还要继续无限延伸——很可能像爱迪生那样，"工作到下葬的前一天"。

"瀑布水稻"，即使你只看见照片也不得不赞叹

到了那一天，地上的袁隆平，就要与"天上的袁隆平"合为一体了。原来，国际小天体命名委员会在 1999 年 10 月批准，把中国科学院北京天文台施密特 CCD 小行星项目组于 1996 年 9 月 18 日在兴隆观测站发现的一颗小行星（编号 8117 号）命名为"袁隆平星"。这里的巧合是，发现这颗小行星后的暂定编号为 1996SD1，其中 SD 正好是中文"水稻"的汉语拼音字头！

只有地上的"光学"也不行
——从"液体"到"哈勃"

1609年11月的一天,一台"长镜子"指向了"月亮美人"。通过"长镜子",并没有看到桂花树、桫椤树和玉兔,更说不上捧出桂花酒的吴刚和美丽的嫦娥,唯见这个"美人"满脸的"麻子"——苍凉和凹凸不平的表面及一座座环形山。

这台"长镜子",就是伽利略制造的世界上第一台"天文望远镜",它的倍率是20。

伽利略完成了人类首次"偷窥""月亮美人"的观测之后,又在当年和第二年磨制了倍率大到32的天文望远镜,并指向太阳系中更多的"美人"——金星、土星及其光环、太阳黑子等,做出了一系列的重大天文发现。

帕洛马(山)天文台的"海尔"反射式光学天文望远镜,口径5.08米

从此,形形色色的各种天文望远镜应运而生,把我们的视野扩展到了银河系之外。像美国于1948—1949年在帕洛马(山)天文台安装的"海尔"反射式光学天文望远镜,口径达5.08米,就可以观测到20亿光年之遥的天体……

为了看到更远的天体,各种天文望远镜的口径被越做越大。20世纪90年代,俄罗斯建造的反射式望远镜的口径就达到25米。

望远镜的口径越大,加工难度也越大;巨大的镜面会因为自身的重力作用或者强气流作用而变形，从而影响聚光的精度。

大口径镜的加工难度，可以从德国朔特玻璃厂生产的一面直径 3.58 米的反射凹镜看出。先把 45 吨玻璃熔化到 1 400 ℃，然后慢慢注入直径 8 米的碟形模具。全部注入后，再把它们放到一个以 6 圈/分速度转动的转台上，使熔化的玻璃因离心作用而布满碟形表面。当玻璃冷却到 800 ℃时，才一起放进巨大的炉子中缓慢冷却——时间长达 3 个

直径 6 米的反射式光学天文望远镜：位置在高加索泽连丘克斯卡亚的俄罗斯天体物理天文台

月！要这么长时间的原因，是防止骤然冷却会产生内应力而使玻璃裂成碎片。接下来 8 个月的热处理后，再进行研磨、抛光、镀铝和钻孔等工序。这样，一个 23 吨重、直径 3.58 米的反射凹镜，在"怀胎"2 年多之后终于"分娩"。

事实上，前面提到的"海尔"，仅磨制它的凹镜就用了 7 年！

造镜这么困难，迫使科学家们另辟蹊径。

20 世纪 50 年代，苏联科学家乌德用水银制成了一台液体望远镜，但没有实用价值。

经过许多人的不断改进，在 20 世纪 80 年代初，加拿大科学家阿曼罗·博拉也用水银制成一台镜头直径 45 厘米的液体天文反射望远镜，达到了实用程度。后来，他还加大了直径，并在水银表面镀上了透明薄膜，既解决了外界对水银面的干扰，又避免了水银蒸发和危害人体健康。1987 年，他们的水银望远镜直径已经达到 1.5 米；而他们的长远目标是建造镜面直径 30 米的巨型液体天文反射望远镜。

液体望远镜制作工序简单，只要几十分钟就能制成，而且容易搬动使用。它的成本只有一般光学天文望远镜的 5%。例如 1995 年美国航天局的 3 米直径水银望远镜，仅耗资 50 万美元，而同直径的光学天

文望远镜则需要 1 000 多万美元。

目前，液体天文望远镜还存在一些缺点。例如，由于它不能倾斜，所以好像"坐井观天"——只能看到正上方的一小片天空。在 2002 年，已有美国航天局的天文学家科学家希克森发表论文指出，配上反射镜可以增大它的视野。也有科学家提出用黏滞性更大的硅油代替水银，避免因倾斜改变已经形成的形状。可以预见，这个"后起之秀"有可能"后来居上"。

除了让望远镜"脱胎换骨"，科学家们还有另一条思路——"走出去"！

在地球上用天文望远镜来观测星星有很多遗憾。地球是被一层大气包围着的，星光要通过大气后才能到达天文望远镜。大气中的烟雾、微尘、水蒸气的扰动，对天文观测都有影响。更糟糕的是，望远镜的口径越大，这种扰动也越明显。

为此，人们尽量把天文台设置在微尘稀少、大气透明的高山上。像世界上放得最高的天文望远镜，在夏威夷岛的莫纳克亚山顶上，海拔有 4 200 多米。尽管这样，来自大气层的干扰仍不可完全避免。天文学家把这种有趣的"打折"现象，比喻为"从金鱼缸的缸底看天空"。

天文学家多么希望有朝一日，能走出"金鱼缸"，到"大气层之外"去看天空啊。

这一天梦想终于成真了。

1990 年 4 月 24 日，美国"发现"号航天飞机呼啸着扶摇直上九霄，首次携带着人类的第一台太空望远镜，进入高度约 595.7 千米的近地轨道。人类终于能"走出去"，摆脱大气层的干扰，清晰地、不"打折"地"看"星星了！

这台望远镜，就是著名的哈勃太空望远镜（HST）。用了十多年建造的 HST，由光学部分、科学仪器和辅助系统三大部分组成，耗资 15 亿美元。HST 长 13.1 米、直径 4.27 米、重 11.5 吨，直径 2.4 米的主镜和直径 0.3 米的副镜组成的"眼睛"，分辨率为 0.05 角秒。

HST 的清晰度是地面望远镜的 10 倍，使人类的视野扩大到 140 亿光年的空间，还可以清晰地探测到暗至 29 等的宇宙天体！一个比方可以帮助读者对这"29 等"的理解：在华盛顿看到 1.6 万千米以外悉尼的一只萤火虫！由此可见，它在望远镜发展史上是一次飞跃。

哈勃太空望远镜

那么，这台望远镜为什么要使用一个人——哈勃的名字呢？

这是为了纪念星系天文学的奠基人、观测宇宙学的开创者、美国著名天文学家哈勃（1889—1953）。1924 年，在威尔森山天文台（Mount Wilson Observatory），哈勃成功地用当时最大的 2.5 米口径望远镜拍摄了"仙女座星云"的照片，并测定了它的距离，证明了它是一个和银河系同级的"河外星系"，为人类对宇宙的认识做出了重要的贡献。

哈勃

由于制造的主镜面边缘比设计要求低了 2 微米多等原因，所以 HST 的视远由设计的 160 亿光年锐减为 40

HST 在 2003 年 9 月 24 日至 2004 年 1 月 26 日绕地球运行期间用 100 万秒拍摄的宇宙初生期照片（右为左方框部分的放大）

亿光年——设想的"高瞻远瞩"变成了现实的"深度近视"。经过 1993 年美国宇航员斯托里·马斯格雷夫（1935—   ）等人先后 5 次"太空芭蕾"式的维修，HST 的效果有所改善。由于根本问题无法解决，所以原来的维修计划已经放弃，让它"挥手从兹去"，顾不上它

"生死两茫茫"了。

HST 既已老态龙钟，离"贪婪"的科学家们的要求渐行渐远，那就应该有"接班人"。这样，美国人就想在 2007 年让 HST 生一个"儿子"——仅有 2.8 吨的"哈勃之子"。据说，它将发射到太阳照不到的地球背面的所谓"拉格朗日点"处，这一点距离地球约 150 万千米。为了保证"雏凤清于老凤声"，"雏凤"的镜头直径——8 米，是"老凤"的 3 倍多。

为了扩大人类的视野，科学家们除了研制出上述可见光学望远镜和液体望远镜，还研制出非可见光望远镜和许多称之为"望远镜"的非光学仪器，以满足不同需要。

1937—1940 年，美国无线电工程师、射电天文学创始人之一的格罗特·雷伯（1911—2002），在伊利诺伊州杜佩奇县的惠顿，首创了一台直径 9.45 米抛物面天线的射电天文望远镜（FAST）。设在波多黎各的美国阿雷西博天文台的 FAST，单口径有 305 米（扩建后为 350 米）。

美国波士顿西北 50 千米的哈佛 - 史密森 FAST 的碟形天线，直径为 25.5 米。这台又名"β"的望远镜，是用来寻找外星"智慧生物"的。

此外，"μ 子计数器望远镜"主要用于测量地质结构和寻找矿藏等。激光器发明后，又诞生了激光望远镜。科学家们还将红外望远镜、紫外望远镜和 X 光望远镜等安放在人造卫星上，不仅克服了大气妨碍观测的缺点，同时还有利于分别观测宇宙射线。

2006 年世界上最大的毫米波天文望远镜，口径 50 米

2003 年 12 月中旬，美国航空航天局的科学家斯皮特等首先成功发射了红外太空望远镜，用它可看到 30 亿光年之遥的恒星。

2006 年 2 月，当时世界上最大的毫米波天文望远镜（口径 50 米）矗立在墨西哥中部的西耶拉火山顶上。它由美国和墨西哥联合研发，2007 年投入使用，用来捕捉 13.7 亿年前"宇宙大爆炸"产生的电磁辐射。欧洲航天局在德国制造的、当时世界上最大的红外和亚毫米波天文望远镜也在 2008 年发射升空。

2010 年，中国、日本、韩国整合了东亚地区直径约 6 000 千米范围内的 19 台天文望远镜，成为当时世界上最庞大的望远镜阵。

不过，截至 2019 年 4 月，世界上最大的单口径天文望远镜已经于 2016 年 9 月 25 日在贵州省黔南布依族苗

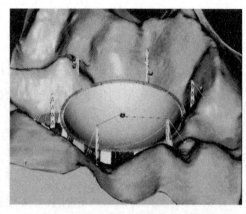

"天眼"口径 500 米，在喀斯特洼地建成

族自治州平塘县克度镇大窝凼洼地落成启用。绰号"天眼"的这一球面射电望远镜，总投资 7.5 亿元，口径 500 米，具有中国独立自主知识产权，将在未来 20 ~ 30 年处于世界领先地位。

从"打水漂"到"冒黑金"
——"中国贫油"面前的创新

"300万美元，打水漂了！撤！"弗雷德里克·加德纳·克拉普（1879—1944）克拉普对他的部下说。

克拉普何许人，这么多的美元为何打了水漂，为什么要"撤"？

雄心勃勃的美国美孚石油公司，要在中国寻找和开采石油。1914年，这个公司派出高级技术人员、石油地质学家克拉普率领了一个钻井队，于1915—1917年在陕北肤施（今延安宝塔区附近）一带，接连打了7口探井，花了300万美元，结果收获不大，只好失望而归。他们还放话说："中国将永远不能生产大量的石油。"

"中国没有石油。"美孚石油公司在中国交了一大笔"学费"之后，美国人终于有了这样的"毕业论文"。

克拉普的钻井队铩羽而归之后，美国斯坦福大学教授布克威尔德来中国进行地质调查。回国以后的1922年，他就在《美国矿冶工程师学会学报》上发表文章，提出"中国贫油论"。他的断言是："中国东南部找到石油的可能性不大；西南部找到石油的可能性更是遥远；西北部不会成为一个重要的油田；东北地区不会有大量的油田。"

可是，巨大的中国市场依然吸引着美国的石油大亨们——在那个人人必用"美孚灯"（一种煤油灯）的年代，从日常生活到工业、农业、军事……都离不开这"工业的血液"。美孚石油公司不甘心就这样白交"学费"而丢了"肥肉"。1938年，美孚石油公司的经理弗勒亲自带队卷土重来，但他最后依然是败走麦城。他丢下的话，和克拉普等的话异曲同工："……中国不存在具有商业价值的石油矿藏的可能。"

从此，"中国贫油论"就流传开来。有些中国地质学者，也随声附和"中国贫油"——在当时落后的旧中国，这是很自然的事。

"中国贫油"似乎已成定论。

中国地质学家李四光（1889—1971）根据他对中国地质的深入钻研，一直反对"中国贫油论"。在1928年北京的《现代评论》周刊上，他发表文章说："美孚的失败并不能证明中国无石油可办……中国西北方出油的希望最大，然而还有许多地方并非没有希望。热河据说也有油苗，四川大平原也值得很好研究……"此外，李四光于

李四光

1939年在英国出版的《中国地质学》第222页中，也发表了类似的看法。

1953年年底，周恩来（1898—1976）等中央领导，把时任地质部长李四光请到中南海，征询他对中国石油资源的看法。李四光说："是否存在油矿，关键不在'海相'和'陆相'，而在于有没有生油和储油的条件，在于对地质构造的规律的认识。我国的地质条件很好，地层下含有丰富的石油，仅在新华夏构造体系的沉降带中，就有几个大油库。在我国的松辽平原、华北平原、渤海湾……都具备生油和储油的条件。我国的石油前景很辉煌啊！"

李四光为什么要提到"海相"和"陆相"呢？原来，石油的成因分为无机成因、有机成因两大学说。

无机成因说认为，石油是由自然界中的无机碳和氢经过化学作用后形成的；有机成因说认为，石油是生物死亡之后的有机物分解形成的。

海相成因说是有机成因说中的一种——李四光之前的理论认为，只有海相沉积中才能生成石油。李四光则打破了这种框框，创立了陆相成因说——陆相沉积中也能生成石油。

在这次谈话后不久，李四光就在中华人民共和国成立后的第一次中国地质学会会员代表大会上提出，我们要积极寻找"二由"，即"石油"和金属"铀"。

不久，在李四光的主持下，松辽平原、华北平原的石油普查开始了。

光有豪情壮志是不够的，还应该对"找油"有深刻的认识。

李四光远见卓识地认为，找油区是找油的战略问题，找油田是找油的战术问题。从战略和战术的要求来说，应当先解决战略问题，然后解决战术问题。

通常，油区是生油和储油条件比较优越的地区，而油田是储油和聚油条件特别好的地带。就找油来说，要寻找油区，就应该根据地质和古地理情况，来寻找哪些地区具有利于生油的条件。

所谓有利于生油的条件，是指：①需要有比较广阔的低洼地区，曾长期被浅海或面积较大的湖水所淹没；②这些低洼地区的周围需要有大量的生物繁殖，同时，在水中也有大量的微生物繁殖；③需要有适当的气候，为上述大量微生物滋生创造条件；④需要有陆地经常输入大量的泥沙到浅海或大湖里去，这样，就可以迅速地把陆上输送来的有机物质和水中繁殖速度极大的、死亡极快的微生物埋藏起来，不让它们因腐烂而最终扩散和消失；⑤这些低洼的地区最好是长期的边沉降、边沉积，这样才能形成沉积巨厚的生油层和储油层；⑥在这些地区既要有构造运动，然而又不是强烈的构造运动，特别又是有一定的扭动和旋扭的构造作用，这对于油气的聚集、储存最为有利。

经过地质队员的艰苦奋战，首先在松辽平原上发现了大庆油田。接着，大港、胜利、华北、江汉、南海等一个个大油田相继张开双臂……

黑色的油龙欢快地奔腾，冲掉了"中国贫油"的"紧箍帽"！

中国宣布石油自给的消息后，举世震动，全国人民欢欣鼓舞。地质力学找油的理论，不但在中国结出了硕大的果实，也在国际上放射出了夺目的光彩！

这里提到的地质力学，是在地质学的基础上，运用力学的观点研究地壳构造体系和地壳运动规律的一门新兴的地质边缘学科。它是李四光打破各国"权威"——例如德国的冰川"权威"李希霍芬（1833—1905）相关理论的束缚，在 20 世纪 20 年代首创的。这也是李四光对世界地质学最大的理论贡献之一。1948 年 8 月，在伦敦举行了国际地质会议。当李四光用地质力学理论阐述各种地质成因和规律的时候，震惊了整个会场。

李四光独创的地质力学，不但有重大的理论价值，而且有重大的实际意义。它是一盏伟大的指路明灯，对诸如找矿、预报地震等都起了巨大的作用。在这盏明灯的照耀下，我们找到了石油。当我们发展原子工业急需铀的时候，还用它找到了铀矿。当我们需要金刚石和铬的时候，也用它找到了金刚石和铬矿……

一本科学史书这样评论李四光说："他一生勇于探索，大胆创新，在地质科学的许多领域都有重大突破……"

1988 年，中国邮电部发行了第一组"中国现代科学家"邮票，其中第一枚就是李四光。

"射水打桩"驯服"无底"河
——茅以升钱塘巧造桥

"轰隆！……轰隆！"

1937 年 12 月 23 日下午 1 时，南京工兵学校的丁教官接到炸桥命令——随着这一阵震天动地的巨响，钱塘江大桥被炸毁了！

是谁这么"残酷无情"，把建成通车后不到 3 个月的好端端的大桥炸毁了？

原来，设计炸桥方案的，不是别人，而是主要设计和主要负责建造大桥的中国桥梁学家、教育家茅以升（1896—1989）。

"遥看天兵雷鼓振，风旗云甲押潮来！"——钱塘潮世界闻名。于是，在杭州民间，就有"钱塘江无底"的传说，还有"钱塘江上建桥——不可能"的歇后语。可见，要建成钱塘江大桥，绝非易事。那么，辛辛苦苦修好的桥，为什么又要炸掉呢？

茅以升

原来，在 1937 年 12 月 22 日，日寇已经进攻武康，杭州危在旦夕。为了延缓敌人的进军速度，我们只能忍痛割爱——赶在日本侵略者到来之前炸桥断路。

既然"钱塘江上建桥——不可能"，那茅以升等中国人，又是怎么把桥修起来的呢？这就是我们这个故事的主题——"茅以升钱塘巧造桥"。

1934 年 11 月 11 日，举行了钱塘江大桥开工典礼。之后，各承包商分头去筹备造桥设备及材料，直到 1935 年 4 月 6 日，才正式开工。

"无底"的钱塘江，水深约 9 米，水流湍急。水下有 41 米流沙层。如何建桥墩，是第一个大难题。

要建桥墩，必须先打桩。在当时的条件下，打钢桩办不到，只能打木桩。从水面到石层大约 56 米，哪有那么长的木桩呢？从美国购来的长木桩也只有 30 米长。如何打？

用打桩船打，一开工就不顺利。包工商康益在上海特制了两艘打桩船，不料，第一只船刚驶进杭州湾的时候，就遇到大风浪，船触礁沉没了。

第二艘打桩船来了，茅以升和罗英（1890—1964）等人亲自上船"督战"。工人们打了两个小时，一根木桩也没有打进去。罗英提议用大气锤打。随着大气锤的轰隆声，木桩发出了咔嚓声——断了。再来，又断了。工人们忙碌了一昼夜，好不容易才打进去一根木桩。

罗英是茅以升在美国康奈尔大学的同学，一直在铁路上工作，修过几座桥，担任过山海关桥梁厂厂长，是一位既懂理论，又有实践经验的专家。茅以升请他当助手，为了尊重他，请他当总工程师。茅以升还破例聘请了当地熟悉钱塘江水文的、土生土长的学者来者佛（本名来培祺，1903—1952）担任监工，在浇制、定位桥墩时起到了很大的作用。

江中要建 9 个桥墩，每个桥墩需打 160 根木桩，总共要打 1 440 根木桩。照这样的进度，要打 1 440 天，大桥要求一年（原计划两年半）的时间完工，怎么办？

1933 年 8 月，担任钱塘江桥工委员会主任委员的茅以升，坐立不安，寝食皆废。

一天，从母亲屋里走出来，茅以升迎面碰上小女儿于燕。于燕气喘吁吁地跑来，她把小嘴巴凑近爸爸的耳朵，眼睛瞟了一下花坛，悄悄说："您看，到咱们家来玩儿的小淘气，把花坛冲坏了！"

茅以升轻轻走到小淘气背后，看见小淘气手拿一把铁壶，正在浇花。一条水龙向花坛猛冲过去，把花坛的泥土冲出一个很深的洞，眼看几棵花就要被冲倒了。茅以升自言自语地重复着："壶水把泥土冲出个洞，壶水把泥土冲出个洞……"这个极平常的生活现象，像一颗火种，一下点燃起科学家创新的火焰。于燕乌亮的小眼睛闪动着，不解地看着爸爸："爸爸，您说什么？"茅以升却没有理睬女儿的问话。

茅以升高兴极了，他从壶水冲花坛这件事里得到了启发，想出了改进打桩技术的好办法——"射水法"。

这是一个多么有意义的发现！茅以升匆匆回到桥工处，直奔打桩船，请工人和工程技术人员讨论射水法。大家一致认可，特别是几位老工人，还对做法和设备提出许多建议。

所谓射水法，是用一个带有大水龙带的机器，把江水抽到高处，再向江底冲，把江底硬硬的泥沙层冲出一个洞，把木桩迅速放进洞里，再用气锤打。

这样做果然奏效，一天可以打30根木桩。

木桩打好以后，如何浇筑桥墩？茅以升和罗英等人商量，采用"沉箱"来解决。空心的沉箱是用钢筋混凝土做的，长18米，宽11米，高6米，有600吨，像个无顶的大房子。

再就是如何把沉箱准确无误地放到木桩上，这又是一个难题。大家先后试用了"围堰法"和"浮运法"，都失败了。后来又采用"吊运法"。在吊运一个沉箱的时候，刚运到桥址就被急流冲走了，好不容易拖回来，刚沉到江底，又遇到大潮，将铁链冲断，把沉箱冲到离桥址4千米的南星桥，撞坏了渡船码

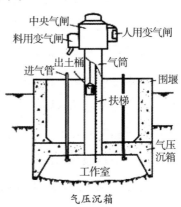

气压沉箱

头，后来用24只汽船才把它拖回来。不久，又遇大潮，这次把沉箱冲出10千米以外，潮落时，沉箱深深地陷入泥沙层，想了好多办法，才把它拖回桥址。

在 4 个月时间里，沉箱像脱缰的野马，乱窜乱撞了 4 次。在这连续 4 次失败之后，社会上闲言碎语越来越多。有的说："江水厉害，桥墩立不住，东跑西窜，'钱塘江造桥——不可能'，这一点也不假。"还有些迷信的人说："在钱塘江上造桥，冲犯了河神，一定要给河神烧香上供才行。"一时间，杭州、上海卖符咒的生意红火起来。借款银行听了这些风言风语，也担忧起来。

闲话越传越远，一直传到了南京。当时担任浙江省建设厅（一说交通厅）厅长的曾养甫（1898—1969），急忙把茅以升叫去询问情况。他对茅以升施加压力说，我一切相信你，如果桥造不成，你就跳钱塘江，我也跟着跳！

曾养甫惯用的这套逼人的方法，确实给茅以升不小压力。茅以升暗暗下定决心：我一定要把桥造好，你"骑驴看唱本"吧！

茅以升回到家里，母亲看到他焦急的样子，就对他说：唐僧取经有八十一难，你造桥也有八十一难。只要有孙悟空，有他那根如意金箍棒，你还不是一样能渡过难关吗？何必着急！

母亲的一席话，给茅以升很大的安慰和鼓励。茅以升想：母亲说的孙悟空，不就是全体桥工吗？金箍棒不就是利用自然力来克服自然界中的障碍吗？只要依靠集体力量，采用科学的方法，按自然规律办事，没有什么难关不能攻克。母亲的话，更坚定了茅以升的信心。

经过一番挫折，他最后找到了一个办法：用 10 吨的混凝土大锚代替铁锚，才把沉箱这匹"野马"制服。

运沉箱的问题解决了，要把沉箱准确无误地放到木桩上，又是个新问题。沉箱通过流沙层，下沉的速度特别慢，一昼夜只能下沉 15 厘米。经过多次失败，后来改用"喷泥法"，一昼夜沉箱可以下降 1 米。几经周折，才将沉箱安放到木桩上。

最后，采用了"沉箱下接桩基"的联合基础，终于造好了桥墩。

当然，要修好大桥，不是仅仅修好桥墩就万事大吉了，还要架桥梁、修引桥……

例如，架设桥钢梁就是又一大难题。每孔钢梁长 67 米，宽 6.1 米，高 10.7 米，重 260 吨。要把这个庞然大物架到桥墩上去，并非易事。怎么办？

茅以升等人经过反复研究，决定在水深的地方，用"浮运法"；在水浅的地方，用"伸臂法"；在江底淤泥多的地方，用"搭架法"。经过多次失败，才把桥梁架好。

…………

总之，在克服了一个个难题之后，大桥建成了。这大长了中国人民的志气。正如《中国桥梁建设史》上所说，钱塘江大桥的建设是"旧中国铁路史上一项重大成就，也是中国铁路桥梁史上的一个里程碑"。

在建桥过程中，茅以升等人运用了射水打桩法、气压沉箱法、钢桁架梁浮运法等先进或创新的方法，培养和造就了一大批土木工程，特别是桥梁工程的技术人才。

1937 年 9 月 26 日清晨 4 时，第一列火车从钱塘江大桥——第一座由中国人自己设计建造的大型铁路大桥上飞驶而过……

遗憾的是钱塘江大桥是一座多灾多难的桥梁。

日本强盗占领大桥以后，在我国抗日游击队的干扰下，用了 4 年时间才修好通车。

1949 年 5 月 3 日，杭州解放了。国民党军队在撤退时引爆炸药企图毁桥，所幸损坏不大。桥工们经过一昼夜抢修，恢复了通车。

1949 年之后，上海铁路局接收续修钱塘江大桥。5 号桥墩于 1952 年 2 月修好，6 号桥墩于 1953 年 9 月修好。钱塘江大桥终于恢复了原状，茅以升复桥的愿望也实现了。

今天，如果你去"钱塘观潮"，将看到另一座崭新的钱塘江大桥——2004 年 10 月 16 日开通的复兴大桥。复兴大桥的主桥长 1 376 米，桥梁采用两层结构，可以双向同时通过 6 辆汽车，下层左右两侧是公交车道和宽 7 米的自行车和行人通道。

借得"细丝"看"诸侯"
——神奇的光导纤维

"烽火戏诸侯"——一个妇孺皆知的故事。这是古老的"诸侯"看"烽火"。

这"诸侯"看"烽火",一直持续了几千年:信号弹、信号灯以及船舰之间或其他场合的闪光联系等等。

这些,都是利用火光进行通信联系的例子。利用火光(或自然光)进行双向通信联系或者单向传递信号,就是"光通信"。

显然,这些光在向"四面八方"的直线传播过程中衰减很快,不易保密,不易反映复杂的通信内容。所以,这种通信技术长期"雪拥蓝关马不前"。

美国发明家贝尔(1847—1922)发明电话的故事广为人知。但是,他的另一项更重要的探索和发明,许多人就不知道了。

1880 年,贝尔和他的助手们巧妙构

印有用烽火传递信息画面的邮票

思——用阳光来传递语言信息,发明了一种叫作"光话机"的通话装置。

这个"光话机"的发信部分,主要由一块极薄的镀银云母镜片构成,它能随着声音的大小做强弱不同的振动。通话的时候,先把镜片放到阳光能直接照射到的地方,然后对准镜片说话。这时,镜片就随着声波的变化发出或强或弱的轻微振动,而镜子反射的太阳光束也随之产生相应的振动。再把这光束照到一小片硒电池上，把光信号变成电信号。最后，电信号通过电线和电话接收机相连，就复制出发话人发出的语言了。

贝尔的实验没有达到预期的效果——通过"光话机"所听到的只是一片模模糊糊的、类似人声的咕噜声，而没有听到清晰的语言；同时，这次实验传输的距离仅有 725 米，显然没有实用价值。

然而，这部夭折的"光话机"却极大地启迪了后人对光通信的研究。

科学的发展，使人们认识到光是一种波长极短的电磁波，因此容量特别大，很适于现代通信。

用火光或像贝尔那样用自然光作为光通信的光源，是不理想的——它的亮度、频率及光束能量的集中性等都较差。必须寻找一种具有更多优越性的光，才能为现代光通信开辟新的道路。在这种背景下，"光之骄子"——激光在 1960 年 5 月降生。

从此，人们就向往用激光实现高质量的通信。

最初，人们只是把激光用于空间通信。这种激光通信现在已经应用于许多短距离通信，并且将用于卫星通信和星际间的通信。

由于激光波长很短，在空间传播要受到许多障碍和干扰——尘埃、云雾、雨雪等等都会对它进行散射和吸收，消耗它的能量，影响传输信息的质量和稳定性。另一个缺点是，谁都可以接收到这些信号，难于保密。

为了消除这些弊端，人们想到了用电线、电缆传递信息的经验，试图让激光在某种导体中通过，于是人们又开始了新的探索。

其实，早在 1854 年，英国物理学家丁铎尔（1820—1893）在皇家学会的一次讲演中就指出，光可以沿着盛水的弯曲管道传输。1870 年，他做的一个有趣实验，就可以看成是这种探索的源头。他在一个装满水的容器的侧壁上钻上一个小孔，让水喷到地面。然后，他用光从容器上方照射水面。这时，他发现射入水中的光，竟随着水从小孔喷出并同水流一起沿着弧线落到地面，在地面上形成了一个光斑。

1927 年，电视的发明者之一——英国发明家约翰·罗吉·贝尔德（1888—1946）首先指出，用光的全反射现象制成的石英纤维可以解析图像，并因此获得两项专利。他的这个看法被美国的豪塞尔（1898—1967）在 1929 年用实验进一步（在传输电视图像上）证实。

光纤束

用纤维束传输图像

1930 年，德国人拉姆（1908—1974）建议把弯曲的纤维集合成束状来传输光学图像。

20 世纪 30 年代，希腊的一位玻璃工人发现光能毫无散射地从玻璃棒的一头传到另一头。

从 1951 年开始，荷兰人范·赫尔进行了制造柔软纤维镜的探索。

1955 年，在伦敦英国学院工作的卡帕尼博士，最早发明了用玻璃纤维制成的"光导纤维"——"光纤"，但它最初也只是在医学上用来改进内窥镜。大致同时，在密歇根大学工作的美国发明家劳伦斯·科蒂斯，用一根表面覆盖着玻璃的透明塑料细纤维作为胃镜来窥视胃的内部，也获得成功。前面丁铎尔观察到的现象终于得到了实际应用。

1958 年，有人用 2 500 根细玻璃纤维试制出了医学上的内窥镜，可以伸进人的胃里做检查。此外，美国心脏收缩镜公司还用消毒过的玻璃纤维制成了支气管镜。

好，我们还是结束"向后看"，回到"消除用激光进行空间通信的弊端"这个问题上来。现在，激光发明了，于是，"光纤通信"——利用激光在光纤中（而不是在广大空间）传递信息的通信方式应运而生。

纤维镜

1966 年，同时拥有美国和英国国籍的华裔科学家高锟（1933—2018）博士，发表了世界上第一篇有关光纤通信可行性理论的论文《介质纤维表面光频波导》——他和在标准电话实验室一起工作的同事何克汉（1938—2013）在1965年写成的，引起了全世界的极大关注。许多人都认为高锟的想法匪夷所思，在"说胡话"，甚至认为他的神经"有问题"。

高锟

其实，这种"说胡话"、神经"有问题"的指责大可不必理会。"创新的要件之一就是不要害怕说错话。"与另外两位科学家共享2002年诺贝尔医学或生理学奖的美国生物学家霍华德·罗伯特·霍维茨（1947— ）说。

那么，用什么材料来做光纤——激光的载体呢？

当然，人们首先想到了举目皆是的玻璃。高锟为寻找"没有杂质的玻璃"，曾到过美国的贝尔实验室及日本、德国等，遭受到许多人的嘲笑："世界上并没有不含杂质的玻璃。"但他的信心没有丝毫动摇："所有的科学家都应该固执，都要觉得自己是对的，否则不会成功。"最终，高锟发明了石英玻璃，制造出世界上第一根光导纤维，震惊了科学界。

1986年10月，第10届国际光纤通信会议在美国佛罗里达州举行，高锟等5人被授予"世界光纤之父"的称号。"光纤之父"一词，通常是指"光纤通信之父"（Father of Fiber Optic Communications）。

1968年，英国标准电信实验室开始了用玻璃纤维传送激光的试验。从此，两种新型激光通信系统勃然而兴。

必须说明的是，在许多人的"逻辑推理"中，细如发丝的玻璃纤维一定是容易断裂的——因为连大尺寸的玻璃制品也容易"粉身碎骨"。这种观点是完全错误的。事实上，把一根玻璃棒熔融后拉成和它长短一样的许多根玻璃纤维，一定比原有玻璃棒能承受更大的拉力。主要用这个道理制成的物品俯拾皆是：起重用的钢绳、斜拉或悬索桥的钢缆、粗的尼龙绳，都用"多股线"制成。

不过，玻璃纤维损耗过大，信号只能在近距离传输，于是，寻找损耗小的光纤，就成为科学家们至今还在进一步完成的任务。

石英纤维

1970 年，美国康宁玻璃公司首先采用气相沉积法，以二氧化硅拉制出石英材质的（在地球上的储量丰富）长 200 米、光耗为 20 分贝/千米的光纤——世界上第一根对光纤通信有实用价值的单模光纤。

1968 年，美国铺设了第一条光纤通信线路。

1976 年，美国佐治亚州亚特兰大市利用光缆通信成功，672 路电话同时通话。此后，日本、法国、英国等国家都实现了光纤通信。

…………

光纤通信的设备一般由光源、光调制器、发射装置、传输装置、接收装置及检测、解调器等组成。

光纤由折射率高的内芯和折射率低的涂料构成，它的直径非常小，从几微米到 100 微米，连同它外面的保护涂层只有一根头发那样粗。用它承载激光完成通信，具有四大优点：①轻小、强度高、易铺设；②传输损耗低；③材料资源丰富、成本低、系统建造费用省；④不导电、不受电磁干扰、能承受恶劣环境影响。例如，它的低传输损耗，就使传输效率比电缆通信高出 10 亿倍以上。

光纤通信还具有特大的通信容量。用一对像头发丝那样粗细的光纤，就可以传送 150 万路电话和 2 千路电视。用它代替密如蛛网般的电信线路，可以使远隔万里的千百万人同时相互打电话，发电报，传输数据、图像、表……假如用 100 多根光纤组成光缆，虽然还没有一枝普通的儿童蜡笔粗，但一秒钟内即可逐字传递 200 本书

光纤样品

的内容。据人们估计，未来光纤的传送能力至少比目前增加 1 000 倍。

光纤的发明，带动了通信领域内的革命，特别是用在互联网上。

如果没有光导纤维构筑宽频带、大容量的高速通道，互联网只能停留在理论的设想上。这里要说明的是，互联网是一个大家经常叫的不规范的名称，规范的名称是因特网（Internet 的音译），但本书都采用互联网这一名称。

人们还设想，未来的光纤通信将利用一种新颖的摄像机，将摄取的图像经过处理直接转换成光信号，同时声音也可以通过声—光转换器直接变为光信号。那时的电信设备可能会从通信系统中消失，电就只是作为一种能源来使用了。那时，电话、电视、电传、电报则将分别变成"光话""光视""光传""光报"……

此外，科学家一直在设想，有朝一日可以操纵分子来生产显微镜下才能看得见的机器或具有异乎寻常性能的新型材料。这一设想在2003 年就有了突破性进展。美国 IBM 公司开发了一项能使碳纳米管发光的技术，从而为新型光纤技术铺平了道路。

…………

总之，整个通信技术发生了一次划时代的变革，一个奇妙的"光通信"——国际上誉称为"梦想的通信"的时代已经到来！

我们在为光纤通信这个得意之作自豪无比的时候，一个发现使我们始料不及。

在深邃海洋底部生活的低等动物海绵身上，早已武装了被人类视为高新科学技术的产品——海绵的光纤系统。它生长在海绵身体的四周，是由一些半透明薄膜构成的骨针。

过去，科学家以为这些骨针只是支撑海绵的身体和防御天敌，哪知骨针良好的导光性能和现代光纤材料异曲同工。一生都在为生存抗争的海绵，目的很简单：用自己的光纤设备，为与它们共生的绿海藻多提供一点亮光，以吸引更多的绿海藻到自己身边"安营扎寨"，从而争取到更多的藻类食物。绿海藻也有所得，它们可以从海绵的光纤那里得到自身需要的光能——要知道被阳光忘却的黑暗海底，获得能量很困难。既然深海海绵用自己的光纤——骨针，为绿海藻们提供了免费的能量——光，绿海藻们又何必将海绵拒之门外呢？于是，深海海绵与绿海藻唇齿相依的共生关系，在骨针的搭桥牵线下形成了。

利用光纤，深海海绵和人各取所需，又是大自然先行了一步。

利用"烽火"——激光，借得"细丝"——光纤，我们看到了"诸侯"——内脏的秘密，显微镜下才能看得见的机器或新型材料，远方的图像、文字、声音……

为了表扬高锟对人类科学界所做的贡献，中国科学院紫金山天文台在 1996 年将 1981 年发现的 3463 号小行星命名为"高锟星"；英国科学博物馆则放置了他的照片和科学成就资料……

2009 年，正是："正常人"乐于守旧、"神经病"喜欢创新。高锟和另外两位科学家分享了诺贝尔物理学奖——高锟得到总奖金一半的500 万瑞典克朗（约合 70 万美元）。

正是："正常人"乐于守旧，"神经病"喜欢创新。

"桌子前"移到了"脖子前"
——从留声机到 MP3

"我用一块带尖针的膜片，对准急速旋转的蜡纸，声音的振动就非常清楚地刻在蜡纸上了。实验证明，只要把人的声音贮存起来，什么时候需要就什么时候放出来，是完全可以做到的。"1877 年 7 月 18 日，爱迪生在他的记事簿上这样写道。到了 8 月 12 日那天，又突然出现了"留声机"三个字。

"留"住"声"音的"机"器？爱迪生的"牛"吹得大了点——从古到今，没见过谁能使声音永远留驻，让机器开口说话。

爱迪生摇蜡管式留声机

在众人"荒诞不经""疯子"的质疑声中，爱迪生在 1877 年 11 月 21 日宣布发明了圆筒式留声机，并于 1878 年取得了发明专利。《科学美国人》特地报道的文章标题是：《当代最伟大的发明——会讲话的机器！》

仅仅 10 年以后的 1887 年，出生在德国的美国技师埃米尔·贝林纳（1851—1929）就把爱迪生的圆筒式留声机，改进为滚筒式留声机。第二年，他又发明了圆盘形留声机和平面唱片（刻有螺旋形槽纹的转盘），并逐渐取代了圆筒式留声机。

上述录、放音设备，运用的都是机械方式，都有声音微弱、失真，要体积大的喇叭播放等缺点。

贝林纳和他的第一代留声机

白驹过隙又10年。1898年，丹麦发明家鲍尔森又发明了磁性钢丝录音机——第一次把机械方式变成电磁方式。他还在1900年的巴黎世界展览会上展示了自己的录音机。

1924年以后，有了电声录音法。

1928年，德国－奥地利工程师弗里茨·波弗劳姆（1881—1945）发明了录音磁带，他还与AEG（伊莱克斯）公司合作制作了一台磁带录音机。在1939年的音响博览会上，这台被命名为"磁带录音机K1"的新产品——所有磁带机的鼻祖，闪亮登场。

1936年，德国发明家鲍尔森将笨重的钢丝改为纸带，发明了携带较为方便、价格便宜的磁性纸带录音机。

针尖在钢丝或纸带上划动，只有接触处才被磁化，从而不能在钢丝或纸带上均匀地录音；

波弗劳姆和他制作的磁带录音机

纸带容易受潮、折断。在1937年，马文·卡姆拉斯把纸带换成塑料带，革命性地发明了载有"高频偏振电流"的磁头，才克服了这些缺点。加上后来他加入了立体声、高保真技术，磁带录音机才具有优美的音色，进入了实用阶段。他是有500多项发明专利的美国发明家。

随着20世纪30年代初和40年代初分别出现的立体声、高保真技术，人们已经能够在固定场合悠然自得地欣赏美音妙乐了；而1957年和以后改进的卡式录放音机，当时主要用于汽车上。

这些录、放音设备，都只能在"桌子前"使用，不能"边走边听"。

不能"边走边听"的遗憾，终于在 1963 年被打破。这一年，荷兰飞利浦公司（PILIPS）发明了小型盒式磁带录音机和盒式磁带。这种革命性的玩意儿，一时成了人们——特别是时髦的年轻人的"囊中之物"，让大家"边走边听"，风靡世界 30 多年，直到现在，依然可以看到它"夕阳的余晖"。

英姿绰约的盒式磁带录音机毕竟是西下的夕阳——音质不好、体积偏大、耗电较多、寿命不长是它的致命伤痛。

于是，又一轮红日升起，它就是劳恩霍夫研究所在 1987

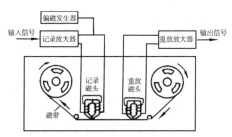

盒式磁带录音机工作原理示意

年发明的、曾红极世界的 MP3 音乐播放器。

仅仅几年，小巧玲珑的 MP3 播放器，就以它的五彩光环成为当时最高端的超小型数码音频设备。"爱听就听"和"想唱就唱"的"年轻一族"出门，总爱把它像戴项链一样悬在胸前，然后塞上耳塞，扬长而去……

录、放音设备终于从"桌子前"移到了"脖子前"。

不过，当我们正眯眼摇头地和着节拍，哼着"我总是心太软，心太软"的时候，你是否知道 MP3 走过的"水千条山万座"呢？

20 世纪 80 年代末，以苹果公司麦金塔电脑为代表的个人电脑，已开始具有包括能播放音乐在内的多媒体功能。所有这些电脑都是采用 wav 音频格式保存音乐文件，但这种格式文件的最大缺陷就是体积过大：一分钟的 CD 音乐拷到硬盘上至少要占据 60 Mb 的空间；而在当时，顶尖级的电脑也只有 300 Mb 的硬盘。可见，在电脑上播放音乐根本无法普及。

1986 年，德国人卡尔因茨·布兰登堡率先提出"数字音乐压缩技术的构想"——"可以通过一种编码重组技术将音频文件大幅度压缩，然后在播放的时候使用专门的解码技术进行还原，以达到减小体积、保持音质之目的"。

一年后，布兰登堡成功地把一首《骑兵进行曲》的 CD 音乐压缩到原来的 1/5。当然，这要求电脑速度不能过慢。太慢了，就无法正常解码。他说，这样的技术如果不加改进，就毫不实用。

功夫不负有心人。布兰登堡与汉堡的一家音频研究机构合作，终于在 1990 年年底，开发出了 MP3 音频文件。测试的结果是，音频文件的压缩和解码都非常顺利，而且能把 CD 音质的音乐文件压缩到原来大小的 1/12，实现了数字音乐实时压缩。

此时，思维敏锐的布兰登堡已经强烈地意识到 MP3 音频文件的巨大市场，于是他就赶在圣诞节前向德国政府申请了专利。1993 年，MP3 音频文件技术得到国际标准组织（ISO）的认可，从而成为主流音频格式。

1997 年 3 月，韩国三星公司一个部门的总裁 Moon，在洛杉矶飞往首尔的航班途中，正在笔记本电脑上浏览总部发来的一份市场调查报告。这份报告，是由图像、文字和 MP3 音乐合成的多媒体演示文件。为了保持飞机上的安静，Moon 从行李包里取出耳机进行收听。

听完了报告，Moon 准备休息，可是，就在他摘下耳机的瞬间，无意中看到邻座一位乘客正在用 MD 听音乐。于是，一个异乎寻常的"火花"被"点燃"了：能不能将 MP3 音乐播放功能从电脑上独立出来，变成像 MD 随身听那样可以移动的音乐播放器？

形形色色的 MP3 播放器

回到首尔，Moon 把自己的想法整理成文，向"三星"高层做了汇报。

"三星"总裁觉得这个想法非常不错，随即将报告递交给董事会讨论，最终却被董事们否决了。理由是，"三星"正在重组，发展重点并不在此，况且当时索尼的 MD 正如日中天，MP3 能否取得成功还是未知数。这样，Moon 的报告也就被"打入冷宫"。

半年以后，金融风暴席卷亚洲。受到严重冲击的"三星"被迫裁员，Moon 也丢了"饭碗"，但他仍念念不忘自己一直未了的心愿。正当他准备离开"三星"的时候，韩国的世韩公司瞄准了他——邀请他出任总裁。

Moon 走马上任后的第一件事，就是宣布研发 MP3 的计划。

1998 年，"世韩"成功地推出世界上第一款 MP3 播放器——MPman F10，成为 MP3 的鼻祖。尽管它丑陋得像个黑乎乎的暖手壶，只有 16 Mb 的内存，但在两个月内上万部的销售量，却让 Moon 与"世韩"喜出望外。

谁都不会想到，历史上的第一款 MP3，居然由一家当时的"无名小卒"——"世韩"公司率先推出而载入史册。"三星"则终与 MP3 这座金山擦肩而过……

随着"世韩"MPman F10 的成功，韩国的其他公司很快纷纷效仿，并推出自己的 MP3。

不过，真正在消费者中产生重大影响的并非韩国的公司，而是美国著名的多媒体硬件厂商帝盟（Diamond）。

1998 年年底，"帝盟"推出了具有划时代意义的便携音频播放器——Rio300 MP3。它以独特的魅力——用闪存作为存储介质，迅速席卷全球。

让"帝盟"意想不到的是，Rio300 MP3 的空前火爆却惹怒了美国唱片工业协会。双方在谈判的时候，唱片协会的一位官员几乎暴跳如雷："你们正在生产强盗产品！"并很快以 Rio300 MP3 侵犯知识产权为由，将"帝盟"告上法庭。

经过半年多的官司，1999 年 6 月，加利福尼亚法庭判决"帝盟"胜诉。

从此以后，无数 MP3 播放器品牌如雨后春笋般问世，其中最出色的要数"苹果"的 iPod 和"三星"的 Yepp。2003 年 12 月，美国《财富》周刊还将 iPod 评为"最受欢迎的电子产品"。

2000 年，微硬盘 MP3 异军突起。这是又一个具有划时代意义的创举。

首先，新加坡的创新科技有限公司发布了世界上第一款采用 2.5 英寸硬盘作为存储介质的 MP3 播放器 Nomad、Jukebox。超过 1Gb 的容量令普通闪存型 MP3 汗颜，展现出前所未有的性价比。但是它的缺点是笨重了

阿尔贝·费尔　　　彼得·格林贝格尔

些，使得用户对硬盘型 MP3 的巨大容量失去了兴趣。

其后，对此"看在眼里，记在心头"的"苹果"，则利用东芝 1.8 英寸硬盘雕琢出经典的 iPod，并将硬盘型 MP3 产业推进到一个新高度。

当然，这也应归功于 2007 年诺贝尔物理学奖的两位得主：法国的阿尔贝·费尔（1938— ）和德国的彼得·格林贝格尔（1939—2018）。1988 年，他俩各自先后独立发现的"巨磁电阻效应"（Giant Magneto Resistive，缩写为 GMR，指磁性材料的电阻率在有无外磁场时大不一样），成为开发小型大容量硬盘的理论基础。GMR 使首批纳米产品在 CD、DVD、MP3 读取技术上得到应用，从而吹响了自 1997 年起用途广泛的纳米技术领域实际应用的号角。

如今，形形色色的 MP3——还有比它多了放像功能的 MP4、MP5，粉墨登场，百花争艳。它们具有体积小、重量轻、携带方便、容量大且耗电小等优点，成为大众的宠儿。

从"无线电的心脏"到 IC
——电子放大器件的更新

"被告就是用这个莫名其妙的玩意儿到处行骗的。"

1906 年春的一天，美国纽约地方法院开庭审理了一桩离奇的案件。被告是一位穿着破旧、面容憔悴的三十出头的青年。原告是一位公司的经理，他指控被告行为不轨，企图强行闯入他的公司行骗。接着，戴着庄严黑礼帽的法官用手举起一个里面装有金属网的"玻璃泡"，这样对公众说。

"这个'玻璃泡'，是我的新发明，它可以把来自大西洋彼岸微弱的电波放大……"被告也毫不示弱。

这个青年是美国发明家德·福雷斯特（1873—1961）。"玻璃泡"就是他发明的真空三极管，也叫电子三极管。电子三极管的发明，是电子放大器件发展的第一个里程碑。

新生事物的成长之路总是崎岖又漫长的。德·福雷斯特发明三极管之后，由于没有钱做进一步的试验，就带着自己的发明去找有钱的大公

德·福雷斯特

司提供资助。由于他不修边幅、衣服破旧，加之人们对这种新发明还不了解，走了两家公司，连大门都没让他进。到了第三家公司，门卫把他当流浪汉，也不让他进门。他就掏出真空三极管来详细解释说明，以打动门卫的心，放他进去。不料这门卫见他吹得神乎其神，就认为他是骗子，于是经理叫来几个彪形大汉，就出现了开头的那一幕。

德·福雷斯特机智地利用法庭这个公开合法的讲台，大力宣传自己的发明，他充满信心地说："历史必将证明，我发明了空中帝国的王冠。"他的"空中帝国"指的是无线电，"王冠"指的是真空三极管。

这场官司持续的时间并不长，但却闹得满城风雨，结果以青年的胜利告终，法庭判他无罪。从此以后，德·福雷斯特的名字和他的"玻璃泡"传遍五洲，名扬四海。

那么，一场诉讼案怎么会使他和他的"玻璃泡"声名远播呢？

原来，自从无线电发明以后，电波就能越过万水千山了，但是，电波传得越远，就越微弱。于是，把这微弱的电波放大，就成为发明家们的当务之急。

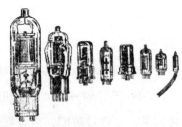

形形色色的电子管

在这种背景下，"无线电的心脏"——真空三极管应运而生。1906 年 6 月 26 日，真空三极管获得美国专利。后来，人们把这一天作为它的诞生之日。美国人还称德·福雷斯特为"无线电之父"。

那么，德·福雷斯特是怎样创新，发明出真空三极管的呢？

1904 年，英国发明家约翰·安布罗斯·弗莱明（1864—1945）发明了电子二极管，但没有放大作用。德·福雷斯特试着在弗莱明那种电子二极管的两个电极之间加入一块小锡箔（这被称为栅极）。经过试验，他惊奇地发现，就是多了这块不起眼的小锡箔，就有放大作用了！经过多次试验、改进，这块小锡箔被用一根铂金丝扭成的网所代替。

约翰·安布罗斯·弗莱明

也是在 1906 年，奥地利物理学家罗伯特·冯·利本（1878—1913 或 1914）也发明了类似的真空三极管，并在 1910 年申请了专利。

电子二极管和电子三极管由抽到一定程度真空的玻璃泡为外壳构

成，后来衍生出许多新品种。它们被统称为电子管或真空管，统治了无线电大半个世纪。现在，除了在一些场合被晶体管（即半导体管）、集成电路（IC）全面取代，仍在大功率等领域发挥作用。

电子管有体积大、质量重、耗电大、成本高、寿命短、易破碎、噪声大等许多缺点。于是寻找新放大电子组件的任务又摆在科学家们的面前。

美国贝尔实验室研究部下属的真空管分部主任、电子管专家默尔文·乔·凯利（1894 或 1895—1971）在办公室来回踱步——他从 20 世纪 30 年代中期以来，就一直在为克服电子管的缺点，发明新组件而殚精竭虑。

1945 年 7 月的一天，已经升任贝尔实验室副总裁的凯利，约见了同在贝尔实验室工作的固体物理学家肖克莱（1910—1989），同他一起讨论发明新组件的问题。

凯利约见肖克莱不是偶然的。"我认为，用半导体取代真空管做放大器，在原理上是可行的。"肖

左起：巴丁、布拉顿和肖克莱

克莱在 1939 年 12 月 29 日记在实验笔记本上的这段话，是最早的有关晶体管设想的文字记录。这里的背景是，晶体二极管已在此前诞生。

在谈话中，肖克莱明确表示，应该探索半导体物理学。

1945 年秋，以肖克莱为首，有另一位贝尔实验室的科学家、具有半导体实验经验的布拉顿（1902—1987）参加的固体物理研究组里，又增加了一位新成员——擅长理论探索和电气工程的固体物理专家巴丁（1908—1991）。此外，还配有几个各学科的专业人员。

经过几次失败之后改进的装置是，在锗晶体二极管的两个极之间放置一根加上负压的细金属探针（这相当于真空三极管的栅极）。1947年12月16日，布拉顿和巴丁发现，当探针和锗晶体二极管中的一个

极靠近到大约 50 微米的时候，电流被放大了——开创"半导体时代"的点接触型锗晶体三极管诞生。

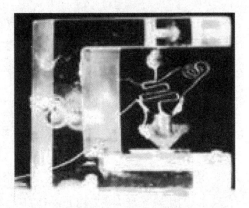

第一只晶体管——点接触型锗晶体三极管

"如果在爱因斯坦的时空隧道中旅游，您愿到何处观光？"50 年过去，弹指一挥间。1997 年，有一家杂志的记者这样问"微软大帝"比尔·盖茨（1955—　）。

"我的第一站将是 1947 年 12 月的贝尔实验室，"比尔·盖茨不假思考地回答说，"我要去目睹晶体管是怎样发明的。"

由此可见，晶体三极管的发明，的确在现代社会变革中占有十分重要的地位，是电子放大器件发展的第二个里程碑，是"改变世界面貌的九项专利"之一，而其余八项是轧棉机、缝纫机、带刺铁丝、电话、电灯、汽车、飞机和静电印刷术。

1947 年 12 月 23 日，肖克莱请贝尔实验室的最高领导来观看演示：在原来真空三极管的地方，换上了锗晶体三极管，通信线路工作如故。

1948 年 6 月 30 日（一说 23 日），贝尔实验室公开展示了这项发明。接着，布拉顿和巴丁获得了发明专利——肖克莱因为没有参加 1947 年 12 月 16 日的实验，与专利失之交臂。

几种晶体管

肖克莱却与布拉顿、巴丁共享了 1956 年诺贝尔物理学奖——肖克莱不但在发明锗晶体三极管的整个过程中功不可没，还在 1949 年提出了 PN 结理论，使真正实用的结型锗晶体管在 1950 年诞生。

1954 年，硅晶体三极管也在美国得克萨斯仪器公司诞生。后来，形形色色的、用途广泛的晶体管如雨后春笋。

豌豆大小的晶体三极管和电子三极管相比，体积和重量都是后者的 1/200 ~ 1/100，耗电量是 1/100 ~ 1/10，寿命却是 100 ~ 1 000 倍。于是用真空管制作的庞大电子计算机、各种家用电器等相继退出历史舞台。

科学家们并没有在缩小体积、减小重量和耗电量等方面裹足不前。

到了 20 世纪 50 年代后期，人们已经感到由大量独立组件构成的电路的小型化已经"此路不通"——复杂电路中联结这么多组件的大量导线限制了体积进一步缩小。此外，组件数目在急剧增加，要快速组装为成品的手段又跟不上的矛盾也日渐尖锐。

在这节骨眼上，担任美国南部的达拉斯市美国得克萨斯仪器公司（TI）副经理的电子工程师杰克·基尔比（1923—2005）站了出来。1958 年 9 月 12 日，世界上第一批平面型 IC——在不超过 4 平方毫米的面积上大

第一个 IC

约集成了 20 余个元件，由基尔比实验成功。1959 年 2 月 6 日，基尔比向美国专利局申报了专利，并在次年的美国无线电工程师协会举办的展览会上出尽了风头。

1959 年 7 月 30 日，在位于硅谷的仙童（Fairchild）半导体公司担任副经理兼研究与发展部主任的罗伯特·诺伊斯（1927—1990）等人，也独立发明了 IC，并在当月申请和在后来获得了专利。不过，早在 1959 年 1 月 23 日，诺伊斯就在日记里详细地记录了这一闪光的设想："用这种方法完全可以在硅芯片上集成几百个，乃至成千上万个晶体管。"于是，在他逝世之后，美国的报纸杂志都以庄重的语句向他道别："硅谷的先驱者，永别了！"

1966 年，基尔比和诺伊斯同时被富兰克林学会授予美国科技人员最渴望获得的巴兰丁奖章，并被分别誉为"第一块集成电路的发明家"和"提出了适合于工业生产的集成电路理论"的人。

对两家公司为争 IC 发明权的官司，美国联邦法院在 1969 年从法律上判定，IC 是一项"同时的发明"：基尔比是第一块 IC 的发明者，而

诺伊斯则使 IC 更加专业实用。
1978 年 2 月，美国的电器电子
工程师协会固体电路学术年
会，也有类似评判。当 1990
年 2 月 20 日美国国家工程学
院首次颁发德雷帕奖的时候，
就把金质奖章和 35 万美元奖

基尔比　　　　　诺伊斯

金给了他俩——IC 的确不愧是电子放大器件发展的第三个里程碑。

　　不过，首先设想 IC 的却是英国科学家杜默（J. W. Dummer）——
1952 年就发表了 IC 的思想。

　　IC 内是许多二极晶体管、三极晶体管、电阻器、电容器等电子组
件的"集成"（"集成电路"也因此得名），所以省去了连接这些组件
的导线空间。例如，著名的"奔腾微处理器（Pentium）"P5——它是
美国英特尔公司在 1990 年初开发的，就集成了 300 万个晶体管。当今，
IC 已经发展到第六代，一个"集成块"内就有成千上万个组件。

　　IC 的发明和改进，使电器的体积急剧缩小，才有了我们的"掌中
宝""全球通""万里达"，超薄电视，数码相机，进入人体内做手术
的微小机器人……

　　"的确，杰克·基尔比的工作给世界带来的改变之深远，是历史上
罕见的，"美国得克萨斯州仪器公司（Texas Instruments，简称 TI，全
球领先的半导体公司）总裁兼首席执行官汤姆·安吉伯斯（Tom 或
Thomas J. Engibous）称赞说，"很难想象，如果没有基尔比，我们公
司，这个行业，这个世界会是什么样子……"

　　IC 被称为"20 世纪影响人类生活的十大发明"之一——其余九项
是尼龙、飞机、飞艇、水中呼吸器、石膏绷带、火箭、拉链与电冰箱，
以及电视。这是 1986 年由美国《科学世界》杂志组织上万名读者投票
评选的。

　　晶体管的改进也没有停步。2005 年 5 月，加拿大科学家发明了一

种电流只在分子内流动的新型晶体管，它的体积和能耗分别只有传统晶体管的大约 10^{-3} 和 10^{-6}。此外，在 2005 年，日本惠普公司发明了一种取代晶体管的新元件——"交换点阵插锁"。用它代替晶体管以后，能把电子计算机的功能提高数千倍，并将最终取代晶体管——就像晶体管当年取代电子管那样。

从 SOS 到 GPS
——无线电定位 100 年

　　史密斯等三个人驾驶着一只大帆船，正在大西洋上与陡增的风浪搏斗。突然，一阵恶浪打来，在就要翻船的危急关头，史密斯毫不迟疑地打开了用于紧急呼救的信标机。

　　顷刻间，船翻了，三人全部落水。经过一番苦斗，落水者们终于聚到一起。

　　这是 1982 年 10 月 9 日，在离美国东海岸 480 千米的海面上惊险的一幕。

　　他们得救了吗？

　　经过一天的挣扎和期待，三个人终于见到一架运输机朝这里飞来。可是，它在他们头顶上盘旋了好一阵子之后，最终还是飞走了。

　　三个疲惫不堪的人在海上漂泊着，又送走了一个难熬的夜晚。在他们绝望之际，忽然隐隐约约地听到一种"突突突"的声音由远而近——一只汽艇使三人死里逃生。

　　哈哈，真是"命大福大"——在茫茫的大海上漂流了两天还能生还！

　　可能有人会说，这救援的速度还是太慢了点——要是能在几小时赶到，不是更好吗？

　　原来，帆船出事那天，苏联发射的营救卫星——"宇宙－1383"号正飞越这个海域上空，尽管它距地面 1 000 多千米，但靠着那异常灵敏的电子"耳朵"，还是收到了求救信号。经处理后，转交给美国空军基地的卫星地面站。地面站根据卫星的位置和提供的信号的方位等数据，用电子计算机算出了遇难者的准确位置，然后派出飞机侦察核实，再派出汽艇打捞。这样，就用了大约两天时间。

更重要的原因是，当时所采用的是第一代卫星定位系统——多普勒人造地球卫星测地系统（我们简称"DPL"），并不先进。

"DPL"的主要工作原理，是奥地利科学家多普勒（1803—1853）在1842年发现的"多普勒效应"。

那么，"DPL"又是谁发明的呢？

1957年10月4日夜，苏联发射了人类的第一颗人造地球卫星——按一定轨道运行的"伴侣1"号（Спутник－1）。年末，美国科学家吉埃尔和怀芬伯特在用无线电跟踪接收机跟踪它发出的电波的时候，又一次证实了无线电波中的多普勒效应。根据这个发现，他们就能方便地利用电波的频率的变化量来跟踪它的运行轨道了。

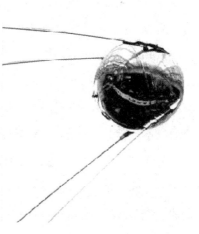

"伴侣"1号：直径58厘米、重83.6千克

这件事被另一个美国科学家米德尔·基里特知道以后，就用逆向思维法考虑：既然可以在跟踪接收机的位置处（即已知地面接收机的位置）测定发出电波的卫星的运行轨道，那么反过来，如果已知发出电波的卫星的运行轨道，那不就可以测定地面接收机的位置么？

基里特博士真是够"绝"的了！

不过，这位善出"怪招"的基里特，从小的"招"就"怪"。据说，他10岁时，曾同两个哥哥一起到舅舅家玩。舅舅叫兄弟仨按"不准用任何工具，不得打碎瓶子"的规则，去打开一瓶汽水，然后才准喝。当两个哥哥束手无策的时候，小基里特用一根手指把软木塞压进汽水瓶，喝到了汽水。看来，这种逆向思维方式，基里特从小就有了。

基里特用卫星运行轨道测定地面位置的主意倒是不错，但有这样一个问题：当卫星运行到和所测定的地点没有在同一个半球的时候，这种方法就失灵了——卫星发射的微波不能直线穿过地球传播到达所测定的地点。

怎么解决这个问题呢？用"空中接力"——把几颗卫星发射到地球上空各自恰当的地方，使卫星发出的微波能通过其他卫星传播到地球的每一个角落。

这就是美国在 20 世纪 60—70 年代开发，并在军事（例如用于跟踪核潜艇）、测地等领域使用的第一代卫星定位系统——"DPL"。

"DPL"有精度不是很高、处理速度慢（锁定一个目标约 90 分钟）的缺点——这也是前面用了大约两天时间才救出史密斯等三人的重要原因。此外，它还有使用不太方便、用途不是很广等缺点，所以它很快就赶不上信息时代的需要而被冷落了。

替代"DPL"的，是大名鼎鼎的"全球（卫星）导航定位系统"GPS（是 Global Positioning System 的缩写），也叫"导航星授时和测距全球定位系统"。相对于第一代卫星定位系统，GPS 就是第二代卫星定位系统。

GPS 是利用导航卫星实现全球性、全天候、高精度实时测距和定位的导航系统。它由美国国防部管理和控制，在 1973—1993 年用 200 多亿美元建成，并在 1994 年正式投入使用。它和"阿波罗登月""航天飞机"工程，并称为"美国 20 世纪三大航天工程"。

研制 GPS 的负责人是布拉德·帕金森。他的远见之一是：系统采用数字化。"下一代人将会理所当然地认为永远不会迷路。"对于这个杰作，帕金森这样不无得意地说。

GPS 主要由空间部分、地面监控部分和用户设备（GPS 接收机）三大部分组成。

当初的空间部分，由距离地面约 2.02 万千米高空的逐步发射的 24 颗卫星构成。它们被平均分布在围绕地球的 6 个轨道平面上，都与赤道平面成 56°角做近似圆周运动。这 24 颗卫星的第一颗，是 1978 年 10 月 6 日发射的，1993 年最后一颗卫星升空——终于在费资 300 多亿美元之后投入民用。为此，美国还拍了大片《深入敌后》。后来，GPS 增加到 35 颗卫星。由于这些卫星绕地球 1 周的时间是 11 小时 57 分，所以可保证在地球上许多地方，在任何时间，都最少能让 GPS 接收机接收到 4 颗卫星的信号。

GPS 接收机内有一个运行很准的、和卫星上计时器同步的时钟，当它接收到信号以后，它内部的电脑就能计算出它和这 4 颗卫星的各自距离，并由此确定它自己的地理位置。这个过程，只要一瞬间。

GPS 广泛用于军事、定位、导航、资源勘探、科学研究、大地测量、土壤湿度测量、急救、出警……被世界各国使用。

GPS 有多大的"神通"呢？看了下面的实例就知道了。

1996 年 4 月 21 日傍晚，俄罗斯车臣的反政府武装领导人杜达耶夫一行在苍茫夜色的掩护下来到车臣西南小村庄格希丘野外 1 500 米的地方。他准备通过卫星通信，和远在几千千米以外莫斯科的俄罗斯政要商讨进行谈判的条件。当他的"大哥大"接通几分钟之后，两枚导弹从天而降，准确地落在离他的汽车 1 米远的地方爆炸。随即，杜达耶夫被炸成重伤，当晚不治身亡。

GPS 的 24 颗卫星绕地球运动示意

掏出 GPS 定位的电子地图，追踪小偷、确定车辆位置……

让杜达耶夫命丧黄泉的，不是谁的准确情报，而是他的"大哥大""自摆乌龙"，以及厉害无比的 GPS。

有了 GPS，在 1991 年的海湾战争中，没有一个美国军人在人迹罕见、有时是"黄沙遮天"的大漠中迷失方向。

有了 GPS，在 1999 年的波黑战争中，一架美军飞机于 3 月 27 日在科索沃被击落以后，首先找到（后来成功营救）跳伞飞行员的，不是当地人，而是美国直升机的救援者。类似情况，在 1991 年的海湾战争中也不止一例。

重庆市万州区黎某的手机在 2003 年 11 月 3 日被盗以后，警方根据被盗后手机通话的信号，用 GPS 锁定了它的方位，1 天多就在茫茫无际的人海中逮着了这个梁上君子，手机也璧归原主。

"精确农业"，是指信息技术支撑的现代化农业管理系统，也叫"三高农业"。"三高"（3S），是指 GPS、地理信息系统 GIS 和遥感遥测系统 RS。3S 的源头在 20 世纪 80 年代的美国。有了 3S，一个法国农民坐在家中的电视屏幕前，就可以看到他的葡萄园中的葡萄生长情况，而一旦发现异常即可迅速采取应对措施。

此时，可能有人会问，那在 20 世纪 60 年代以前，用什么方法测定地面的位置，从而进行诸如营救、测量等工作呢？

用的是我们经常听到的"SOS"。

那 SOS 又是怎么回事呢？

看过电影《尼罗河上的惨案》的朋友，一定记得这个情景：

在那十分危急的时刻，住在船舱隔壁的罗斯上校，听到比利时大侦探波洛在墙壁上敲的"三短、三长、三短"（"滴滴滴，哒哒哒，滴滴滴"）的紧急信号，就立即赶来，一剑斩杀了凶残的眼镜蛇……

为什么罗斯上校听到"三短、三长、三短"的声音，就知道波洛遇到了危险呢？

原来，这"三短、三长、三短"，就代表着国际上通用的呼救信号"SOS"。

"SOS"最早诞生于海洋的风暴里。它是英文"Save Our Ship"（"救我们的船"）的缩写。如果用摩尔斯电码拍发"SOS"，就是"三短、三长、三短"（…，− − −，…。），也就是"滴滴滴，哒哒哒，滴滴滴"。由于它简单易记，又适合用各种信号把它表示出来，所以在1903年被一些人使用。1906年，在柏林召开的第二届国际无线电会议上签署的条约中，一致同意用"SOS"来代表紧急求援信号，并在1908年7月1日正式生效使用。

不过，也有"不守规矩"的。1909年1月22日，英国白星轮船公司的"共和国"号邮轮和意大利"佛罗里达"号在黎明前的大雾中相撞，幸好"共和国"号用无线电发出紧急求援信号"CQD"，才使两个船上共1 560人全部获救。"CQD"是马可尼公司在1904年宣布采用的求援信号，但在1908年7月1日之后，"共和国"号仍在使用。在1912年4月著名的"泰坦尼克"号遇难前，起初发出的则是"CQD"求救信号，但没有得到任何回应。好在船上的报务员杰克·菲利普斯想到了"SOS"求救，结果被远在美国的萨洛夫收到。萨洛夫果断地通过无线电广播向全世界通报了这一消息，使很远的"卡帕蒂阿"号在第二天黎明赶到，救出710人。

1909年8月，美国轮船"阿拉普豪伊"号在哈特拉斯角不远处因尾轴破裂而无法航行，它第一次实际发出了"SOS"求援信号。

显然，用"SOS"也有许多缺点：距离太远得不到求援信号；只能大致而不能准确确定呼救地点……

那么，在"CQD"和"SOS"之前呢？在这之前，就是更加"原始"的通过观察恒星在天上的位置来确定地面的位置，等等。

在1999年2月1日以后，"SOS"永远成为历史。总部设在伦敦的国际海事组织规定，海上通信及海难求救使用的莫尔斯电码信号系统"SOS"，将在这一天彻底终止使用。取代它的就是GPS。

为了摆脱对美国垄断的GPS的依赖，苏联－俄罗斯建设了"格洛纳斯"（GLONASS）卫星定位系统。俄罗斯在1993年投入使用的这个系统，从1976年由苏联始建，有24颗卫星，民用信号定位精度仅为30米，但抗干扰能力强。性能更好的格洛纳斯（GLONASSO），在2011年已经完成升级，卫星总数达到27颗。

除了正在运营的 GPS 和 GLONASS 两大系统，欧盟、中国、日本和印度也在建设自己独立的系统。这里的说明是：日本的"天顶"是仿 GPS，印度的则是"区域卫星导航系统"。

欧盟。格林尼治时间 2005 年 12 月 28 日 5 点 19 分，名为"焦韦 - A"的欧洲"伽利略"卫星定位导航系统的首颗实验人造地球卫星，由俄罗斯"联盟 - FG"火箭从哈萨克的拜科努尔航天中心发射升空。接下来就是"焦韦 - B""焦韦 - C"……发射这些卫星的目的，是要建立"伽利略"定位系统等。这个系统分两个阶段（2008—2013 年的建设阶段和 2013 年以后的运行阶段）实施，共有 30 颗卫星（2008 年已全部发射入轨）、覆盖地面面积 74%、定位精度 0.45 米——优于覆盖地面面积 38%、定位精度为 10 米的 GPS。由欧盟在 2002 年正式批准、欧盟和欧洲航天局联合开发的"伽利略"卫星定位系统，在 2010 年已向全球提供精度达 1 米的服务。中国是参加开发这个系统的唯一非欧盟国家。

1610 年 1 月 7 日，伽利略发现了木星的 4 颗卫星，而当时"焦韦"在意大利语中也是"木星"的意思，因此以"焦韦"命名，是一个完美的决定。

中国。中国的"'北斗'卫星定位导航系统"（Beidou satellite navigation and positioning system 或 BeiDou Navigation Satellite System，简称 BDS），共由 5 颗静止轨道卫星和 30 颗非静止轨道卫星组成。从 2000 年 10 月 31 日 BDS 中"北斗一号"（共 4 颗卫星）的第 1 颗卫星升空开始，2012 年 12 月 27 日，BDS 已为亚太地区提供定位精度 10 米和测速精度 0.2 米/秒的服务。随着 2018 年 3 月 30 日的两颗组网卫星（BDS 中的第 30、31 颗）发射成功，BDS 的先进性已经超过了"格洛纳斯"与"伽利略"，总体水平与 GPS 并驾

BDS 的 35 颗卫星绕地球运动示意

齐驱。BDS 在 2020 年年底建成全球系统，从 2021 年起为全世界提供服务。

此外，美国也在继续完善它的"GPS"。2008 年，美国洛克希德·马丁公司就获得了第三代 GPS（计划共发射 32 颗卫星）的生产合同，把信号的发送能力提高 500 倍（计划在 2025 年完成第一期布局）。整

距今 5 000 年前的原始"GPS"

个第三代 GPS 完成后，将使制导弹药的精度小于 1 米。

距今 5 000 年前的石器时代，英格兰南部和威尔士地区就建立了原始的"GPS"——在各山顶树立一块"纪念碑"作为标志，由纪念碑之间的线路组成巨大的等腰三角形网格。借这个"网络"，人类不依靠地图就能到达目的地。而今，令人欣喜和感慨的是，古代"地上"的 GPS 已经到了"天上"。

从尼普科夫到贝尔德

——借得圆盘传图像

　　走进英国南肯辛顿科学博物馆，你就可以看到一个笨大的机械装置，它的旁边还有一个带着嘲弄微笑面孔的木偶——它的名字叫"比尔"。

　　这个装置和木偶放在这里干啥呢？

　　1919 年，美国建立了世界上第一座商业无线电广播电台——匹兹堡 KDKA 电台。另一种说法是，1920 年 11 月 2 日，世界上第一座商业无线电广播电台在美国诞生。不管怎样说，从此人们就能"不出门"而知"天下事"了。

　　对于只能传"声音"的广播节目，人们并不满足——渴望还能同时看到"图像"的节目。

　　1925 年 4 月的一天，伦敦一家百货商店挤满了顾客。他们不是来买东西的，而是赶来观看一位英国青年人的发明。据说在一年以前，这位青年人就发明了一种电视装置，曾经将一朵十字花的图像轮廓传送到 3 米远的地方。这一次，他改进了这个装置，但大家仍然扫兴而归——他们只看到一些图像模糊不清的影子和轮廓。

　　这"扫兴而归"也容易理解，因为传送图像并非易事。其中的关键是"四部曲"：对原始图像进行"拍摄"和"扫描"，把图像"同步传送"到需要的地方，并"显现"出来。那么，怎样来演唱这"四部曲"呢？

　　最早，人们是尝试用机械装置来传送图像的。

1883 年，德国大学生——后来的工程师保罗·尼普科夫（1860—1940）对传真通信产生了极大兴趣。怎样把图像用电信号从一个地方传到另一个地方呢——他朝思暮想。

一天，尼普科夫看到两个同学在做一个游戏。他们分别坐在各自的座位上，面前各放一张相同的布满小方格的纸。其中"发送方"的纸上如图写着一个字母"G"，这个字母覆盖了许多小方格子；而"接收方"的纸上没有字母。发送方按照每一个小格是黑还是白，从左边开始自上而下一格一格地念给接收方听，当接收方听到第几格是黑时，就用铅笔把那一格涂黑，听到第几格是白时就空着。结果，当发送方念完所有格子后，接收方的纸上就出现了和发送方相同的字母"G"。

"哈，有了！"尼普科夫高兴得叫了起来。

原来，尼普科夫从这个游戏中受到很大的启发：无论是简单的图形还是复杂的照片，都可以分解成许多密密麻麻的黑点子。如果发送方能把所有的点子变成电信号传送出去，接收方就可以得到和发送方一样的传真图形了。

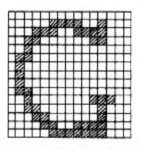

发送方的纸上写着 G

根据这个道理，经过多次试验，尼普科夫的发明终于完成了。他用灯光照射在一个螺旋穿孔圆盘（14 个小孔在圆盘上排成螺旋状）后面的景物上。当用马达快速带动圆盘转动的时候，光束就可以依次透过排成螺旋状的小孔，扫描后面景物表面或明或暗的光点。将这些光点由光电管转变为电信号同步发送给接收装置——类似的穿

1884 年尼普科夫发明的图像分解圆盘

孔圆盘，就被重新还原显示出所照射景物的图像。显然，还原的过程正好和前面提到的扫描过程相反，圆盘转动的速度则应该相同。这个传递和还原图像的圆盘，就是著名的"尼普科夫圆盘"。他的发明，在1883 年的圣诞节做了展示，1884 年 1 月取得了专利。

从这里，可以明显地感受尼普科夫唱的"四部曲"。其中静止图像之所以能变成活动图像，是利用了人眼的"视觉暂留"原理——影像能在人眼中停留1/16秒的时间。

没有想到的是，尼普科夫圆盘竟成了当今走进千家万户的电视的起点——虽然后来不用转动圆盘的机械扫描，而是采用了电动扫描，但工作原理是完全一样的。为了纪念尼普科夫的前驱性工作，后来德国的第一座电视发射台被命名为"保罗·尼普科夫发射台"。

从尼普科夫的发明来看，对于执着追求、思想活跃的人来说，许多事物都可能引发出创新的思想火花，取得突破性的进展。

尼普科夫圆盘使许多人产生了浓厚的兴趣。开头所说的那位年轻人——来自苏格兰的约翰·罗吉·贝尔德（1888—1946）也是其中之一。

为了找出图像不清楚原因，贝尔德又开始了新的试验。当初，他以为是实验中的电压不足，就把几百个电池连接起来，但却不小心触到了连接线，2 000伏的高压当即把他击昏在地。第二天，伦敦的《每日快报》就用大字标题报道了他触电的消息。贝尔德一时成了英国的新闻人物……

贝尔德在英国安装的电视机

总之，贝尔德克服了缺乏实验经费、实验室简陋等许多困难，经历了多次失败，终于在1925年10月2日把一个店堂里的小伙子的脸映在了他发明的"魔镜"里。小伙子连连说："奇迹，奇迹，真是奇迹！"

此时，英国震惊了，许多人都提供资金来资助贝尔德。1926年1月，贝尔德终于申请到了一项专利，并向当时的英国皇家学会和新闻界演示了他的电视装置。虽然电视中勤杂工的活动图像仍不够完美，但贝尔德却确立了自己作为机械电视发明家的地位。

1928年，贝尔德把伦敦转播室的人像，成功地传送到纽约。有了这次成功，英国广播公司就次年9月根据议会决定，允许贝尔德公司开始试验性地播送"机械电视"广播，每秒12.5帧图像，每帧30行——现在流行的电视多为每秒25帧和每帧625行。

啊，明白了，前面那个笨大的机械装置和它旁边的"比尔"，就是当年贝尔德传递电视图像用过的物品。

不过，这里还有一个问题："比尔"是一个木偶，那用它干什么呢？

这里还有一个趣味故事呢！

原来，也是在1925年10月2日，贝尔德在伦敦把电视播放机和接收机安排在两个房间里做实验。在用"坐"在椅子上的"比尔"做试验成功以后，他因喜悦冲动，情不自禁地以旋风般的速度，拉来隔壁住的房东威廉要他代替"比尔"当"电视模特"。威廉因为灯光太强热不可挡，就悄悄"临阵脱逃"——在贝尔德到另一个房间去的时候。此时，由于没有看到威廉的图像，贝尔德以为失败了，只好再次让"比尔""登台"，于是映像管上再次出现"比尔"那带着嘲弄的微笑……

1936年11月2日，英国广播公司正式从伦敦的亚历山大播送黑白图像的电动电视节目。使人伤感的是，由于机械电视已经夭折，机械电视发明家贝尔德竟没被邀请出席"开幕式"。也许，把贝尔德当年的设备摆在博物馆里供人参观，使人怀念贝尔德，就是为了弥补这个遗憾吧！

这个遗憾，说明了创新的东西大多在开始都是不成熟甚至简陋的。由此，我们这言必称"开拓创新"的社会，必须重视这些"科学婴儿"，给予其足够的宽容与支持。

从贝尔德到兹沃里金

——电视如何走进千家万户

机械电视的"灵魂"是马达，它的转速越快，每秒钟就能传送更多幅图像，图像也就越清晰；但要马达转得更快，不但受到当时技术条件的限制，而且会使马达的稳定性变差，电视机的故障率也会增加。这就是说，机械电视走进了两难的死胡同。

由于机械电视的图像和稳定性始终不能"更上一层楼"，所以许多人就同时在研究"电动电视"。当然，这种电视也需要"四部曲"，那我们就来看一看先贤们是如何分别完成这"四部曲"的。

我们先从在苏联出生的"电视之父"、物理学家兹沃里金（1889—1982）谈起。

在美国无线电器公司的副总裁、兹沃里金的苏联同胞萨诺夫投入5 000万美元的支持下，1919年从苏联出走到美国西屋电器公司的兹沃里金于1923年和1924年，分别发明了静电积贮式摄像管和电子扫描式摄像管。虽然这些电子扫描装置比较原始，所显示的图像也暗淡模糊，但却是现代电视摄像管的先驱，兹沃

兹沃里金

里金的"电视之父"的美称就是因此获得的。后来，经过他和其他人的改进，摄像管在1930年进入实用阶段，这就完成了"第一部曲"——"拍摄"。

1908 年，英国的肯培尔·斯文顿（1863—1930）和兹沃里金的老师、苏联人罗申克（1869—1933），各自独立提出了电子扫描原理，从而奠定了近代电子电视技术的基础。

1929 年 7 月，美国爱达荷州的小城里格比的"天才少年"菲格·法恩沃兹斯研制了世界上第一个同步脉冲发生器。第二年，他又发明了新的扫描技术与同步系统。后来，在同纽约的兹沃里金的官司中，他还赢得了电视发明的优先权。当然，实际上这两位发明家相隔近 5 000 千米，是各自独立发明电视的。今天的电视系统则采用了这二人各自的精华。

1930 年，德国物理学家施勒特尔（1886—1973）发明了电视图像的"隔行扫描"法，并获得专利，这成为以后大半个世纪的电视扫描方式。这些发明，完成了"第二部曲"——"扫描"和"第三部曲"——"同步传送"。

不过，最早（在 1842 年）提出"行扫描"这个概念的，是苏格兰精密机械师、钟表匠亚历山大·贝恩（1810—1887）。他在世界上最早提出了用电来传输图像和文字的设想，并首先进行了电传真实验，还因此在 1843 年取得英国 9745 号专利。

显像管的诞生，完成了"第四部曲"——"显现"。1878 年，英国物理学家克鲁克斯（1832—1919）在前人发明的基础上，制成了阴极射线管。8 年之后的 1886 年，德国物理学家布劳恩（1850—1918）在阴极射线管的基础上，发明了世界上最早的电子显像管——"布劳恩管"，但他的发明还没有得到实际应用。后来，经过许多人，特别是德国物理学家曼弗雷德·冯·阿登内男爵（1907—1997）在 1925—1926 年的改进，以及其他人的改进之后，终于在 1930 年成为实用的显像管——用于电视图像显示或其他（例如示波器）显示。

也是在 1930 年，阿尔登把"四部曲"一起弹奏成一个优美的乐章——用显像管完成了完全电动化的电视播送，并于 1931 年在柏林无线电展览会上公之于众。他的"综合"演奏，走出了向现代化电视迈进的关键一步。

此时，笨重、噪声大、图像不理想的机械电视已经夕阳西下。

后来，英国电器音乐公司与马可尼公司合作，在兹沃里金等人研究的基础之上，终于设计出全电动的电视系统的扫描发生器，图像质量远远超出贝尔德的机械扫描电视的质量。

为什么电动扫描电视比机械扫描电视的图像质量更好呢？这是因为前者用电子扫描，比机械扫描更快，扫描行数更多（例如常用 625 行）的缘故。

接下来，激动人心的电动电视时代开始了。

——从 1931 年起，苏联开始试播电视节目。

——1935 年，柏林在 1932 年建造的一座电视发射台开始按时播放节目。

——1935 年 11 月 10 日，在法国邮电部长乔治·曼德尔的热情支持下，人们在埃菲尔铁塔上安装了电视天线，举行了电视转播的开幕式。

——1936 年，电视拍摄首次用于在柏林召开的奥运会上。这一年，是电视发展史上的里程碑。

…………

1939 年 4 月 30 日 12 时 30 分，是美国第一次正式转播电视节目的日子。在纽约的弗拉辛草坪上，人们通过电视，观看了罗斯福总统（1882—1945）在名为"明天的世界"博览会上的开幕词。此后几天中，有成千上万的人赶到纽约曼哈顿百货商店排队，为的是一睹电视这种新鲜玩意儿。这次电视在美国的亮相，成为当时轰动一时的大新闻。

1936 年用于收看埃菲尔铁塔信号的电视

"电视"（television）是由希腊词"从远处"（fete）和拉丁文"看"（vision）这两个词合成的；另一种不完全相同的说法是，"电视"（television）是希腊词"远处"（tele）和"景象"（vision）这两个词合成的。它是 1900 年 8 月 25 日由法国学者波斯基在巴黎的一次国际大会上宣读的论文中提出来的。

经过各国科学家几十年的共同奋斗，黑白电视终于逐渐走进寻常百姓之家。

但人们很快就不满足于黑白电视了——谁不喜欢五光十色、五彩缤纷呢？从 20 世纪 40 年代开始，特别是第二次世界大战以后，人们又致力于彩色电视的研制，最终让彩色电视从 20 世纪 50—60 年代开始，逐渐走进了千家万户。

当然，彩色电视的研究前驱是苏联工程师 I. A. 阿达缅、前面提到的贝尔德和美国的贝尔研究所，他们分别在 1925 年、1927 年和 1929 年就开始研究了。贝尔德就把尼普科夫圆盘上的 1 条排成螺旋形的孔改成 3 条——分别对应红、蓝、绿三种颜色。更早的探索则是 1904 年颁发的一份有关彩色电视的专利，当然，此时仅仅做了一些探索性试验。

一二十年以前的电视，都是"模拟电视"，它的清晰度等都受到很大限制，于是"数字电视"应运而生，它比模拟电视更清晰。"数字高清晰电视"的清晰度，又是普通电视的四五倍，所以是当前电视发展的方向。中国于 2005 年在杭州开始试播了中央电视台的数字高清晰电视节目，2006 年 1 月 1 日正式在全国几个城市播出。

如果说电子电视对机械电视是电视的"第一次革命"的话，那数字电视对模拟电视就是电视的"第二次革命"。它起源于 20 世纪 60 年代中期的日本，随后欧美也积极跟进，投入的研制经费超过几十亿美元。这么大的投入，在一项商品没有完全市场化之前，是非常罕见的，原因在于研发者看好几十万亿美元的市场。

随着科技的发展，目前高清电视这只"王谢堂前燕"，已经"飞入寻常百姓家"。

发展电视机的另一个方向，是追求图像高清度、高亮度、节能、长寿等。当初显示图像的"屏幕"——阴极射线显像管（CRT），就逐渐被更为节能、长寿的等离子体显示器（PDP）、液晶显示器（LCD）

淘汰。而今，虽然 LCD 电视与 PDP 电视以各自的优缺点并存而各领风骚，但 LCD 电视占据上风，PDP 电视已呈下滑之势。随着发光二极管（LED）的普及，大屏幕 LED 显示器已经逐渐广泛用于各种场合。使用了 LED 的 LED 电视，也渐渐走进千家万户。

LCD 电视

目前的 LED 电视主要有三种：使用发光二极管作为背光源的"LED 电视"（下面有简介），靠有机 LED 像素点自行发光、不需背光的 OLED 电视（有机发光二极管电视），通常靠无机材料 LED 自行发光、不需背光的 QLED 电视（即量子点发光

Q（LCD）电视

二极管电视——全称为有源矩阵量子点发光二极管电视）。许多液晶电视品牌在宣传产品时直接用"LED 电视"之名来宣传，这就给许多人带来了误解，认为"LED 电视"是一种新型的电视机，这是错误的。实际上，"LED 电视"只是将普通液晶电视的冷阴极荧光灯管（CCFL）背光源更换成了 LED 背光源而已，故称其为"LED 背光源液晶电视"更准确，这不是一种完全采用新显示技术原理的电视机。

据报道，在 2014 年中国就试制了中国的第一台 QLED 电视。而今，QLED 电视的产销风头正劲，正在与其他种类的电视"一决高下"。

当我们现在安坐家中悠然自得地欣赏精彩高清电视节目的时候，不要忘记大约在 1877 年首先提出"电视"这个概念的法国律师塞列克，以及他在同年对"电视发射系统"的原始构思。当然，TV（television 的缩写）这个英文单词，在 1900 年才第一次正式出现在俄国科学家康斯坦丁·德米特里耶维奇·波斯基（1854—1906）的一篇论文中。

从"巨人"到"光脑"
——"巴贝奇的梦圆了"

一个梦，困扰着一个青年的后半辈子——从一个无忧无虑的年轻人变成一个白发苍苍的老头。直到撒手人寰，却依然不见"自动计算机"的影踪。

这个青年就是英国数学家查尔斯·巴贝奇（1792—1871）——为了解决冗长计算的问题，他倾其所有，不顾"断肠人在天涯"，始终实践着自己的"自动计算机梦"……

斗转星移又百年。

20世纪初以来，包括真空管在内的多种电子元器件相继诞生。

1931年，英国人艾伦·图灵（1912—1954）——后来成为数学家和逻辑学家，进入剑桥大学国王学院学习。1936年5月，这位24岁的大学生就写出了题为《论可计算数及其在判定问题中的应用》（简称《可计算的数》或《理想计算机》）的论文，提出了后人称为"图灵机"的设想——一条带子、一个读写头和一个控制装

巴贝奇

置，就能自动进行任何给定的程序运算。他还在论文中建议把这种机器称为"电子计算机"。这篇论文于1937年发表在《伦敦数学会文集》第42期上，立即引起了广泛关注。可是，他的论文中的这个设想，当时常被认为是荒诞不经的理论，受到攻击和嘲笑。

由于图灵首先提出上述现代计算机的理论，和他在1947年对人工

智能方面的开创性工作——提出"图灵测验",以及 1969 年发表的论文《智能机》——塑造了人工智能的雏形,所以被称为"计算机逻辑学的奠基者"和"当代电脑之父"。

图灵

对电子计算机做出巨大贡献的还有美国数学家、控制论的创始人维纳（1894—1964）。他在 1940 年就阐述了现代计算机的五原则。

虽然当年巴贝奇折戟沉沙,但他的差分机却在 20 世纪 40 年代有了下面的"继承者"。

1940 年,美国贝尔实验室的乔治·罗伯特·斯蒂比茨（1904—1995）研制成功了一台机电式计算机。它被专门用于电网络复数计算,后来被称为"莫德尔 1"号（Model Ⅰ）。

1941 年,德国工程师楚泽（1910—1995）在他 1938 年以来制成的纯机械结构计算机 Z_1、Z_2 的基础上,制成了 Z_3—— 一台全部采用继电器的"过程控制通用机电式计算机"。

维纳

1944 年,一台被称为"马克 1"号（Mark Ⅰ）的"自动过程控制计算机"（ASCC）,由哈佛大学的教授艾肯（1900—1973）等研制成功。1946 年,英国《自然》杂志发表了一篇讨论这架大型机电计算机的论文,用的标题就是"巴贝奇的梦实现了"……

为什么要用"巴贝奇的梦实现了"做标题呢?因为巴贝奇创立的差分机的原理,为上述机电计算机和接下来的电子计算机指了路,导了航。

那么,巴贝奇的差分机的原理是什么呢?是"带有过程控制的完全自动计算"——这个原理也是现代计算机原理的基础。

机电计算机在 20 世纪 40 年代上半段的热潮,只是昙花一现——一方面,运算速度慢（例如"马克 1"号要 4.5 秒才能完成两个 23 位数相乘）是它的致命伤；另一方面，此时电子技术已日臻成熟。

在这种背景下，电子计算机如期"分娩"。

1943 年 1 月 10 日，英国邮电管理总局研制的"巨人"（Colossus 的意译，音译为"科洛萨斯"）开始运行，它是世界上第一台电子计算机。直到伦敦泰晤士河南岸的帝国战争博物馆在 1997 年 10 月 21 日举办的一个展览中，它才第一次公开亮相。1946 年 2 月 14 日在费城开始运行的"埃尼阿克"（ENIAC），由美国科学家穆

电子计算机"巨人"

电子计算机"埃尼阿克"

奇里（1907—1980）、埃克特（1919—1995）及美籍匈牙利数学家冯·诺伊曼（1903—1957）等在 1945 年制成。它被许多人认为是世界上第一台电子计算机，但实际上比"巨人"晚了两年多。

…………

但是，对高如楼房、耗能巨大、没有存储器、要用布线接板进行过程控制（这被称为"程序外插"）等上述巨人或埃尼阿克这种"第一代计算机"——电子管电子计算机，人们显然不满意。

在研制埃尼阿克接近尾声的时候，冯·诺伊曼为了克服没有存储器、要用布线接板进行过程控制等缺点，变"程序外插"为"程序内存"，提出了 EDVAC（全称"离散变量自动电子计算机"）的方案——后人称为"冯·诺伊曼机"。到今天，几乎所有的计算机都采用了他的这一思想，所以他被公认为是"电子计算机之父"。

1947 年，晶体三极管诞生。这样，"第二代计算机"——晶体管电子计算机，就在 20 世纪 50 年代中期由麻省理工学院的"Tx－O"型

晶体管计算机揭开
了序幕。另一种说
法是，1955 年美
国的伯士·阿尔玛
公司的第一台晶体
管计算机，被装在

埃克特

穆奇里

冯·诺伊曼

"阿特拉斯"洲际导弹上。第一台大型通用晶体管电子计算机，则由菲
尔克（Philco，又译"飞歌"）公司在 1959 年制成，所以也有人把
1959 年作为第二代计算机的起点。

在用去 50 亿美元开发经费之后，美国 IBM 公司董事长老托马斯·
约翰·沃森（1874—1956）在公司创建 50 周年的 1964 年 4 月 7 日宣
布，他们从 1962 年 1 月开始生产的"IBM－360 系列 IC 电子计算
机"——"第三代计算机"研制成功。这笔经费，是历史上规模最大
的私人企业投资——大大超过研制第一颗原子弹的 20 亿美元，后来被
《幸福》杂志称作"IBM 50 亿大赌博!""IBM－360"中的"360"，既
表示一圈 360°，又表示"360 电脑"从工商业到科学界的全方位应用，
也表示 IBM 的宗旨——为用户全方位服务。

1956 年老沃森辞世后，他
的长子小托马斯·约翰·沃森
（1914—1993）接任 IBM 董事
长。"360 电脑"是他下令公司
首席副总裁、哈佛大学毕业的
托马斯·文森特·利尔森
（1912—1996）组建的工程师小

利尔森

阿姆达尔

组开发的。它的主设计师，则是年仅 40 岁的吉恩·迈伦·阿姆达尔
（1922—2015）。由于利尔森的贡献，在 1971 年由他接任了小沃森退休
后的 IBM 董事长职位。阿姆达尔则被称为"大型计算机之父"。

不过，也有人认为，得克萨斯州仪器公司在 1961 年研制出的第一台 IC 计算机——有 587 块 IC、仅 300 克重、体积不到 100 立方厘米、耗电 16 瓦，才是计算机进入第三代的标志。

"第四代计算机"和第三代计算机没有明显的区分标志。通常以是否使用大规模集成电路（1967 年问世）来区分。第四代计算机最早出现在 1971 年 1 月。这一年的 11 月 15 日，美国《电子新闻》杂志一则不起眼的广告使电子计算机进入"微电脑"的时代：英特尔公司"备有单片微型可编程序计算机现货出售"。开创这个时代的，是 1969 年起为日本生产计算器的比西康公司研制大规模集成电路的霍夫（1937—　）博士，他是美国英特尔公司的物理学家。

计算机进入第四代以后，为了满足不同用户的需要（例如生产特别大型或特别小型的机器），巨型电子计算机的研制就凸现出来。

1975 年，享誉全球的超级电脑"克雷 1"号（CRAY－1）研制成功，实现了当时绝无仅有的 1 亿次/秒的超高速运算。然而，这台"巨型机"的体积却并不巨大，就像一套开口的沙发圈椅，靠背处站着 12 个与人一般高的"大衣橱"，占地不到 7 平方米，重不超过 5 吨，共安装了约 35 万块集成电路，是第三代巨型电子计算机的标志。他的制作者是年仅 31 岁的"隐

西蒙和他研制的"克雷 1"号

士"——克雷研究公司的西蒙·克雷（1925—1996）博士。此前的 1963 年 8 月，克雷就把他亲切称作"简单的蠢家伙"的 CDC6600——属于第二代巨型机，公布于世。1969 年，他的 CDC7600 巨型机，则首先突破了 1 000 万次/秒的高速运算，他也因此被称为"巨型计算机之父"。

也是在 1975 年，宝来公司用 10 年研发的 ILLIAC－Ⅳ实现了 1.5 亿次/秒的运算，但这台不很成功的巨型机，结构过于复杂，造价十分昂贵（达 3 000 万美元），工作也不稳定。

CDC 是 1957 年成立的控制数据公司的英文缩写，发起创建人是第二次世界大战期间曾在海军服役（从事密码破译）的学者威廉·诺瑞斯（W. Norris）和克雷等。1972 年，克雷告别 CDC 之后，就独创了以自己姓氏为名的克雷研究公司，他让 1988 年的"克雷 3"号巨型机的运算速度达到 160 亿次/秒。

1981 年 10 月，日本首先提出"第五代计算机"的概念，它将是以词组逻辑为基础的知识信息处理系统，即以人工智能为基础的"非冯·诺伊曼机"。对第五代计算机却有多种解读：智能化的超导计算机、神经网络计算机、光计算机或

"天河 – 1A"

称"光脑"、生物计算机（有人称为"第六代计算机"）……

除了运算速度，节能也是现代巨型电子计算机必须考虑的重要参数。2010 年时，日本的"GRAPE – DR"最节能高效。在 2011 年，"红杉"（每年 6 兆瓦，仅相当于 500 个家庭的能耗）和中国全自主开发的"曙光 6000"也跃入节能高效的行列。2012 年 IBM 的"Mira"投入运行，它的"每瓦性能"在当时世界领先。

截至 2018 年 5 月底，运算速度连续四次（从 2016 年 6 月起）排名"全球超级计算机500 强榜单"（由美国与德国"超算"专家联合编制的全球已安装超级

"神威·太湖之光"超级电子计算机

计算机排座次的排行榜，从 1993 年起每半年发布一次）第一的，是"中国'智'造"的计算机系统——峰值浮点运算速度为 $1.254\,36 \times 10^{17}$ 次/秒（持续计算速度为 9.3×10^{16} 次/秒）——"神威·太湖之

光"（Sunway TaihuLight）。基于它的"超算应用"项目——"全球大气非静力云分辨模拟"，首次荣获2016年度的"戈登·贝尔奖（Gordon Bell Prize）。2018年6月25日，美国能源部橡树岭国家实验室制造的"顶点"（Summit IBM）"超算"，峰值浮点运算速度达到2×10^{17}次/秒（持续计算速度为1.2×10^{17}次/秒），超过"神威·太湖之光"，夺回该排行栏第一。

二进制和逻辑代数（布尔代数）是现代电子计算机的基础。二进制起源于约1600年的英国，有名的莱布尼茨是公认的二进制提出人。英国数学家布尔（1815—1864）在1847年发表的《逻辑的数学分析》等文献，则开创了逻辑代数这一新的数学分支学科，但是，明确建议把它用在电子计算机中的，却是前面提到的图灵的论文《理想计算机》。

"苹果" 和 IBM 争霸
——"PC" 如何走进千家万户

"蓝色巨人"放出了"蓝精灵"！1981年末，人们惊呼。

这里说的"蓝色巨人"，就是美国的国际商用电器公司——著名的 IBM 公司。

人们为什么这样惊呼呢？

1981年8月12日，是一个"个人电脑"（即 PC）史上值得纪念的日子。

这一天，IBM 公司对外宣布，"PC 机之父"（IBM 内部在后来的尊称）菲利普·唐纳德·埃斯特里奇（1937—1985）领导的团队开发的 IBM PC 机横空出世。从此，一种供个人使用的微型电脑，开始大踏步走进全世界的每个办公室和家庭，昭示又一个新时代——个人电脑时代的到来。

埃斯特里奇

IBM PC 的"心脏"是 4.77 MHz 的英特尔 8088 微处理器，16 位的运算速度远胜此前"苹果Ⅱ"的 8 位机。

接着，在1983年5月8日，IBM 公司又推出了 IBM PC 机的改进型——IBM PC/XT 机，增加了硬盘装置。这下真的火了：当年的市场占有率就达到76%，把苹果电脑公司赶下了微型电脑的霸主宝座。

不过，说到微型电脑，在此之前的"苹果"的确是"独领风骚"，功不可没的。

大名鼎鼎的"苹果"创始人，是斯蒂文·保罗·乔布斯（1955—2011）和电脑天才、发明家斯蒂夫·盖瑞·沃兹尼亚克（1950—　），朋友们都叫他沃兹。由于他俩有许多共同之处——从小就对电子学感兴趣、都爱玩恶作剧……所以一见如故，成为莫逆之交。

沃兹尼亚克

沃兹自幼聪颖过人，在学生时代，就显示出创造精神，可他顽皮、喜欢恶作剧。有一次，他将自己制作的电子节拍器包裹起来，悄悄放在老师的讲台上。老师上课的时候，发现一包发出"滴答滴答"声的东西，以为是定时炸弹，连忙"奋不顾身"地把它抱到操场上，然后安排全校学生撤退。为这事，沃兹受到了学校的处罚。

沃兹的电工学老师约翰·麦卡勒姆，却从他"臭名远扬"的恶作剧中，发现了沃兹在电子方面的天赋。学校的课程不够他"吃饱"，麦卡勒姆就想到了电子计算机。

"对！计算机世界里有许多有趣而棘手的问题，够他费脑筋的了。"麦卡勒姆找到附近的西尔瓦尼亚电子公司，与他们达成一项协议——让沃兹每周到那里去操作几次计算机。就这样，沃兹"因祸得福"——从此与电子计算机结下了不解之缘。

1981 年 8 月 12 日微软推出的 NS－DOS 1.0 版

沃兹开始是"纸上谈兵"——从中学到科罗拉多大学，就设计过将近 50 种计算机。1971 年夏天利用暑假，他和中学时代的老朋友比尔·费尔南德兹（1954—），搞到了硅谷工厂生产的因外形缺陷而处理的廉价零件，动手"实战演习"起来。

夏日炎热难熬，再加上电烙铁的烘烤，他们浑身都被汗水浸透了。为此，他们准备了大量的奶油苏打水，边焊边喝。经过十几天的"日夜兼程"，计算机终于试制出来了。

"这台计算机起个什么名字呢?"费尔南德兹问。

"这家伙是用奶油苏打水'喂'大的，干脆就叫它'奶油苏打水'吧!"沃兹回答。

为了让外界也知道他们的成果，他俩给当地的报社打了电话，把"奶油苏打水"吹嘘了一番。

不久，兴冲冲地来了一位记者和一位摄影师——他们正在为找不到"天才少年"的创造发明而发愁呢!

记者粗略地端详了一下散装在地毯上的丑陋的"奶油苏打水"，不禁皱起了眉头。

"能操作一下吗?"记者将信将疑地问道。

"当然行!"沃兹早就等着这句话了，他胸有成竹地回答。

可是，当沃兹打开开关之后，忽然发现一缕青烟冒了出来，紧接着主机火光一闪，一股刺鼻的焦臭味弥漫了整个房间……

"不好，短路了!"沃兹连忙拔掉电源插头。

"奶油苏打水"成了"垃圾堆"。记者摇头失望，悄然走出房门。

一把火，把沃兹一举成名的希望烧成了灰烬。

"花落自有花开日，蓄芳待来年。"沃兹坚信。

此后，沃兹参加了自制计算机俱乐部，开始了与外界的接触。在那里，他知道了许多他从来不知道的东西：阿塔里（Altair）计算机、8008 和 8080 芯片……

"自制计算机俱乐部改变了我的生活!"沃兹这么说。

这期间，在一次同学聚会上，沃兹通过费尔南德兹的介绍，结识了他一生中最重要的朋友，一个沉默寡言、留长发的男孩——乔布斯。

乔布斯的父亲是一位大学教授，母亲是一名颓废派艺术家。在乔布斯刚刚出世的时候，父母就无情地遗弃了他。后来，多亏一对好心的夫妇收留了这位可怜的孩子。

乔布斯的养父是一名技师，养母则在一个学校当秘书。他这个几十年后享誉全球的名字——乔布斯，就是养父母为他取的。

学生时代的乔布斯，好像和沃兹是一对"双胞胎"——他也聪明、顽皮，常常喜欢别出心裁地搞出一些让人啼笑皆非的恶作剧。他和养父母一家生活在硅谷一带，10岁就开始迷恋上电子学。结识了沃兹以后，二人就经常一起去参加自制计算机俱乐部的活动，这对他后来发明"苹果"个人电脑，产生了很大的影响。

自从"奶油苏打水"是歪嘴照镜子——当面丢丑之后，沃兹对研制计算机更加痴心不改。他发现，包括阿塔里在内的许多计算机都与他的"奶油苏打水"相差无几。于是他暗下决心，要让"奶油苏打水"起死回生。

1976年的一天，沃兹看到一则广告，说是在一个计算机展览会上出售6502微处理器芯片，售价仅20美元。

"将微处理器配上存储器和外围设备，不就组成一台微型计算机了吗？它不但要有硬件，还必须配有软件。"沃兹把他的这个想法告诉了乔布斯，两人一拍即合，说干就干，立即买来"6502"。

有了"奶油苏打水"的那次死亡换来的经验教训，一台新式电子计算机——个人电脑顺利诞生。

"要给这台计算机起一个好听点的名字。"沃兹说。

"就叫'苹果'吧！苹果红彤彤、甜滋滋的，既好看又好吃；并且，以后我们办公司，在按字母顺序排列的电话簿里，'苹果'（Apple）可以排在'阿塔里'（Altair）公司之前。"乔布斯建议说。

沃兹点头同意——"苹果I"型电脑"初出茅庐"。

接着，在乔布斯的鼓动下，两人合办了"苹果电脑公司"（Apple computer）。为筹集批量生产的资金，乔布斯卖掉了自己的旧大众牌小汽车，筹得1 000美元。同时，他还劝说沃兹也卖掉了他珍爱的"惠普65"型计算器。就这样，他们有了奠基伟业的1 300美元。

"苹果 I"上市后，销售情况良好，使得新生的"苹果"一下子就收入18万美元。

初战告捷，老板乔布斯希望有更多的资金来开发新型电脑，扩大生产经营规模。他充满发展潜力的计划，终于打动了风险投资者——百万富翁马克·库拉。

乔布斯和"苹果"笔记本电脑

富有远见的库拉，不仅自己拿出近10万美元入股，还用自己的影响四处游说其他风险投资者与银行家，终于筹集到近百万美元的资金。

1977年4月16日，美国西海岸计算机展示会开幕了。"苹果"的展位涌来了成千上万的观众，展台几乎被挤翻——大家要争睹首次公开露面的新产品"苹果 II"的风采。这种有着淡灰色塑料外壳的新型电脑，虽然只有5千克，但性能技术指标却已达到当时微机技术的最高水准。它还是有史以来第一台有彩色图形界面的微电脑，被誉为人类正式进入个人计算机时代的里程碑。这么好的东西，定价却只有1 298美元。于是订单被一抢而空，"苹果"当年就赢利250万美元。

此前，财大气粗的"蓝色巨人"对"苹果"，是"连眼角都不会转过去瞅一瞅"的，而此时面对"苹果冲击波"，感到"落花流水春去也"的IBM也瞠目结舌了。让IBM更不能容忍的是，"苹果"居然进了美国《幸福》杂志评选的世界500强；而"坏小子"乔布斯，竟然蓄着小胡子出现在《时代》杂志封面上咧嘴傻笑——就像在嘲笑IBM的无能！

1979年拥有280亿美元营业额的IBM，哪会轻易服输！1980年刚过一半，IBM公司的首席执行官（1973—1981在任）弗兰克·卡利（1920—2006）就召集公司高层商量对策。结果，就有了前面1981年8月12日IBM PC机的"从天而降"。

1981年，"苹果"电脑的销售额已经达到3.35亿美元，到1982年，更达到5.83亿美元；而IBM的PC机也在这一年卖出了25万台，并以每月 2 万多台的销售速度接近了"苹果"电脑。

"丽萨"

1983 年 1 月，"苹果"公司推出世界上第一台商品化的图形用户界面的个人电脑——世界上首先配备鼠标的"丽萨"（Lisa）。

…………

1884 年 8 月 14 日，IBM 又把更先进的 IBM PC/XT 机投向市场。从此，个人电脑开始了"286""386""486"……的接力赛。

1985 年，因为和自己聘来的首席执行官斯卡利意见相左，近 30 岁的乔布斯被迫负气"离'家'出走"。4 年后，乔布斯开办了软件公司 Next。

英特尔公司对半导体芯片的开发，掀起了"PC 狂热"，特别是它在 1990 年初开发的 P5 微处理机，成了日后扬名天下的"奔腾"。

1996 年 12 月 17 日，乔布斯"荣归故里"——以早就"风光不再"的"苹果"收购 Next 的形式。以后就是"苹果"的辉煌。2011 年，乔布斯悄然辞世。有人评论说，只有疯狂到认为自己可以改变世界的人，才可能真正地改变世界，而乔布斯就是这样的人。

…………

1982 年 11 月，康柏公司推出了手提电脑——1996 年，美国的《电脑》杂志这么说。不过，对这一款 28 磅（1 磅约 454 克）的笔记本电脑的雏形，IBM 却不承认它是笔记本电脑的 No. 1。它坚持认为，自己在 1985 年推出的一台"PC Convertible"膝上电脑，才是笔记本电脑的开山鼻祖。日本人则认定东芝公司在 1985 年开发的 T1000，才能享受世界笔记本电脑的 No. 1 的荣誉；T1000 采用了英特尔 8086 的 CPU（中央处理器），512 kb 的 RAM（随机存储器），9 英寸单色显示屏，没有硬盘，但能运行 MS‑DOS 操作系统。

1995 年 8 月 24 日，微软向全世界推出划时代的 Windows95 操作系统。

这是一个电脑的"春秋战国"时代。拉锯战造就了"各领风骚数百周"。"你方唱罢我登场",是这个高科技时代的典型特征。"春去春会来,花谢花会再开……"是我们献给开拓创新者的歌……

Windows95 操作系统

这是一个"优胜劣汰"的时代。"要创造人类的幸福,全靠我们自己……"是披荆斩棘者应该永远唱响的歌……不过,到2007 年 11 月的"胜利者",还是"苹果"董事长兼 CEO 乔布斯——美国《财富》周刊把他评为当今"全球 25 位商界领袖"之冠,力压排名第二的新闻集团主席兼 CEO 默多克、排名第七的"微软"主席兼创始人比尔·盖茨。

科学家用 DNA 设计出的八面体

电脑的发展,真是一日千里。例如,早在 2005 年上半年,《国际先驱导报》就报道了一则让电脑迷们"心潮澎湃"的消息:一种新型存储器可以使电脑的开机时间由原来的几分钟缩短为 1 秒!比尔·盖茨则在 2008 年预测,未来 5 年内电脑的键盘和鼠标将"下岗"——取而代之的是"数字感觉时代"的触摸式、视觉式或声控式界面;而今,这一预测已经成为现实。2008 年 1 月 15 日,乔布斯向媒体展示了"苹果"新研发的"世界最薄"(19 毫米)液晶笔记本电脑。它的显示屏为 13.3 英寸,重量不超过 1.5 千克。不过,这一"世界最薄"早已成为历史。例如,薄至 10 毫米、仅 0.48 千克重和 15 瓦功耗的 13 或 14英寸的液晶笔记本电脑,已经在 2017 年上市。也是在 2008 年,日本科学家制成了世界上首批几乎是百分百的人造蛋白质 DNA 分子,除了用于改进基因治疗,还能用于驱动未来纳米级电脑。

自我"推销"之后
——磁盘这样诞生

这是 20 世纪 40 年代的一天。

一个青年独自闯进了 IBM 公司的大门，向公司董事长老托马斯·约翰·沃森（1874—1956）"推销"自己的"发明"——用机器自动阅读试卷。这个"发明"，其实只是他脑袋里想到的一个主意。

别具慧眼的老沃森不顾董事会的阻拦，高薪聘请了这个"吹牛"的青年。老沃森肯定没有想到，这个名叫师雷诺·约翰森的年轻人，日后会成为"硬盘之父"。

老托马斯·约翰·沃森

传奇人物约翰森，并不是计算机科班出身，而是个自学成才的发明家。他最初在明尼苏达州的一所高中担任教师，不甘寂寞要闯荡天下的雄心，把他送进了 IBM 大门。

老沃森聘请约翰森以后，就让他主持研制这个新产品——自动阅读试卷的机器。

约翰森很快研制出能判阅多项选择题的机器，为 IBM 净赚了数百万美元，所以深得老沃森的信任。阅卷机的正式名称叫"光学标记阅读器"（OMR），一直沿用至今。

雷诺·约翰森

约翰森发明的源泉并没有因此终止。

磁盘，一个我们熟悉的名词——高档电脑里使用最广，也最重要的存储设备。

20 世纪 50 年代，正当晶体管取代电子管成为第二代电脑的核心元件之际，美国 IBM 的董事长小托马斯·约翰·沃森（1914—1993）——老沃森的儿子，迅速把事业扩展到美国西海岸，下令在加利福尼亚圣何塞市附近新建实验室和工厂。小沃森委派自己最信任的工程师约翰森去负责——此时，约翰森已经在老沃森的实验室里工作了多年。

小托马斯·约翰·沃森

约翰森带领着 30 多名青年工程师，用了不到三年时间，就为 IBM 创造了引人注目的重大技术成果——硬磁盘存储器，并在 1957 年用它首次为 IBM 公司装备了新型电脑"会计和控制随机存取计算机"（RA-MAC）。

当时，大约 50 张 24 英寸的磁盘被装配在一起，构成一台前所未有的超级硬盘，容量大约 500 万字节，

早期的硬盘　　　配置硬盘的 RAMAC 电脑

造价超过 100 万美元。硬盘机安装了类似于电唱机那种机械臂，可以沿磁盘表面来回移动，随机搜索和存储信息。硬磁盘处理数据的速度，比过去常用磁带机快 200 倍，实现了电脑实用性的一次革命。约翰森也因此被誉为"硬盘之父"。

对爱将发明的硬磁盘，小沃森后来不无得意地回忆说："他将磁性材料碾磨成粉末，站在一张旋转着的铝制碟片前，手里拿着一只盛有磁粉的纸杯，小心翼翼地把磁粉倒在碟片中央，直到磁粉扩散到碟片的边缘，约翰森才罢手。"

磁存贮的原理并不复杂。计算机磁芯体是由磁性物质组成的微小

磁环，许多磁芯被固定在磁芯板上。磁环内用来存入数据的导线叫驱动线，从磁芯中读取数字的导线叫读出线。

在右边的"计算机磁芯体"图中，如果用驱动线里的电流 I_1 产生的逆时针方向的磁场表示数字0；那么，反方向电流就产生顺时针方向的磁场，就表示数字1。这样，根据驱动线里的电流的方向，就可以用磁芯的剩磁来记录二进制数了。

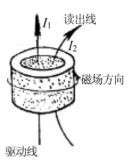

计算机磁芯体

读取数字的过程和存入的情况正好相反。当 I_1 变化的时候，磁芯中的剩磁方向也随之转化，这个过程叫"翻转"。当磁芯中的剩磁翻转时，读出线中就有感生电动势。如果读出线是闭合回路的一部分，那回路中就有感生电流 I_2；I_2 的正负两个方向，就分别读出数字1和0。

不过，在2006年年底，英国科学家发明了一种可以准确控制磁性薄膜中磁场模式的新技术，这可以用磁场的"上"和"下"来对应上述1和0。在将来，这项技术成果会为研制高容量、永久性的数据存储芯片开辟新途径，而且比目前计算机硬盘读取数据的速度快得多，还可避免计算机因突然断电而丢失数据。

后来，约翰森一直担任IBM加州研究实验室和其他部门的主管，帮助硅谷成为世界磁盘工业的中心。他在教育技术、通信技术、磁性材料等领域获得90余项专利，直到1998年才离开人世。

当然，约翰森也是"一个篱笆三个桩"。在他领导IBM圣何塞实验室研制硬盘的过程中，一位名叫艾伦·菲尔德·舒加特（1930—2006）的青年工程师，也是关键"先生"。

舒加特的童年生活并不幸福——由于父母离异，他从3岁起就由母亲单独抚养。不过，他认为这个苦难一点没有影响他的成长。通过奋斗，舒加特得到了他想得到的一切，包括最好的学业成绩和评价等级。1951年大学刚毕业后，他加盟IBM，在研究部门工作了十多年。

1969 年，舒加特离开了"蓝色巨人"，建立了舒加特合伙人公司。1969 年，即在 IBM 公司率先推出直径 32 英寸软磁盘两年之后，舒加特研制出世界上第一片以塑料材质为基础的 5 英寸软磁盘，即我们后来使用的标准软盘。

艾伦·菲尔德·舒加特

1973 年，IBM 公司首次提出"温彻斯特技术"：在硬盘高速旋转的过程中，磁头与磁盘表面形成一层极薄的气泡间隙，能在 100 微秒内高速读取数据。用这种技术制造的硬盘，IBM 公司当时称为"1BM3340 硬盘"——我们今天各种电脑仍在使用的温式硬盘机。

1974 年，舒加特首次创办的公司倒闭。在朋友的资助下，他开了一家酒吧，还购买了一艘小渔船，靠捕捉蛙鱼艰难度日。

5 年之后，舒加特重返电脑行业。在著名的硅谷腹地，他与过去的几个同事共同创建了一个小小的希捷技术公司，专门为个人电脑研制高性能的磁盘。或许，希捷（Seagate，直译为"海之门"）的名字，就寓意着舒加特这段难忘的经历。

1980 年，希捷公司宣布研制出一台 5.25 英寸的温式硬盘，容量达到 10 Mb，后来成为 IBM PC/XT 个人电脑最具特点的标准配置。

舒加特领导的希捷，目前已是资产数十亿美元、员工 10 余万人的世界著名硬盘生产厂商。但是，这位磁盘发明家却不满足于株守一隅，他个人经营的产业甚至包括乡村风格餐馆、飞机包租、出版和妇女服饰业。

借得磁芯造电脑
——王安这样成"巨人"

"我不！"一个小小少年急得差一点要跳起来——班里的优秀生，居然要留级，那是无论如何不能接受的。

这个小小少年，就是后来大名鼎鼎的"电脑巨人"王安（1920—1990）。

王安出生在上海，父亲是小学英文教师。

6岁的王安该上学了，父亲把他带到学校去。校长有些为难，因为这所学校最低班级也已经是三年级了。

"让他试试吧，就跟三年级。"父亲说。校长看这孩子挺机灵，就点头同意了。

从小学三年级到中学、大学，王安一直比同班同学小两三岁，且个头也小，体力上比不过人家，常受人欺负，但他努力学习，力争在智力上、学习成绩上取胜。这也锻炼了他不服输的进取精神。

王安

在小学，王安很快获得了老师的喜爱——他不但跟上了三年级的课程，还成为班里学习成绩的佼佼者。

4年后，王安小学毕业了。由于当地只有两所初中，只招不到100名学生，所以初中的入学考试竞争非常激烈。父母怕他"败下阵来"，就要他再上一年六年级，于是就有了前面的"我不！"

王安第一次违拗了父母的意愿，偷偷地去参加升学考试。发榜时，王安居然拔了头筹，这更增添了他搏击进取的信心。

16 岁那年，王安又以全班最高的成绩被上海交通大学录取，学习电机工程。

在大学里，王安还用课余时间编辑刊物——一本科学文摘。父亲为他打下的英文基础，使他有了用武之地，他想把西方最先进的科学知识介绍给中国，希望中国强大起来。

1937 年，王安进入大学二年级的时候，抗日战争爆发。毕业后，他投入抗战工作，为中国军队设计和制造专用的发射机和收音机。

王安在上海交通大学毕业后，正逢中国将派一批工程师到美国去培训，王安以总分第二的成绩考入美国乔治大学。

1945 年秋，王安被哈佛大学录取。在 1948 年 2 月，攻读博士学位仅 16 个月的王安便获得了哈佛大学应用物理的博士学位，进入哈佛计算研究所。

实验室负责人霍华德·艾肯（1900—1973）博士是第一代电脑的设计人之一。他非常欣赏王安的才华，在接受王安为实验室研究员的第一天，就交给王安一个有关电脑资料存储中迫切需要解决的难题。

此前 1944 年，艾肯等研制的第一台"自动程序控制计算机"（ASCC）"马克 1"号（Mark I）是个 15 米多长、2 米多高、5 吨重的庞然大物，有数千个机械继电器，数据的存储和运算都用这些继电器来完成，所以工作起来噪声大、耗能多、速度慢，功能也很有限。1948 年 ASCC 的改进型也没有本质进步。

在这种情况下，人们急于寻找一种不用机械操作就能快速处理、存储资料的方法。这就是艾肯给王安的课题。

电脑的核心部分是中央处理器，中央处理器除了可以处理和储存资料，而且要有强大的记忆功能。记忆功能是衡量电脑容量的一个主要技术指标，记忆资料越多，储存的速度越快，电脑的功能就越强大。当时，在各种各样的计算机上，人们使用的存储记忆装置有多种，主要是电机式继电器、打孔卡、真空管、阴极射线管、磁带、磁鼓等。

王安对这些存储材料分别进行反复的实验和分析，并一一进行对比，最后把眼光停留在最有潜力的"磁性材料"上。

当时，磁性材料存储资料是靠机械装置的工作来完成的，因而造成计算机体积庞大且运算速度缓慢。王安凭着他扎实的理论知识基础和对课题敏锐的思考，提出了用电代替机械操作来实现资料储存的办法。

电磁受电流的影响，会产生两个相反方向的磁通，如果正磁通读为二进位数据的"1"，那么负磁通则可以读为"0"。王安用这一原理来读写记忆资料的时候，却遇到了一个障碍：每当磁通的方向转变时，它所记住的资料随即遭到破坏。这个问题如何解决，成了王安攻克用电磁材料存储资料的关键。

王安夜以继日地用各种办法试验，一次又一次的失败并没有使他退缩。在那些日子里，当同事们结束一天的工作陆续离开实验室后，王安仍然默默地坐在自己的工作台前继续苦苦思索。即使是吃饭、走路的时候，他脑子里也尽是电磁、磁通量的变化……

无数次的失败促使王安另辟蹊径。一天，他突然想到："以前一直是想着如何保持已建立的磁通，保持储存的资料不被破坏。这种静态的保持办法是不是可以采用动态的办法代替呢？"顿时，一道灵光在王安头脑里闪过。

对啊！读取资料时破坏的磁通，只要在读取资料后把它重新写下来，不就可以保持它原来存储的信息了吗？这种重写资料的创新构想，成为他发明电脑磁芯记忆体的基础。用电能代替机械能，使计算机的体积大为缩小，而磁通可以在几千分之一秒内转变方向，使计算机的运算速度大大加快。

顺着自己的新思路，王安重新开始实验，果然成功了。这是1948年，他28岁。王安这一被称为"记忆磁芯"的发明，为计算机研制工作的突破擎出了一片新天地。

1949年10月21日，王安向美国专利局提出磁芯存储器发明专利申请。经过和 IBM 旷日持久的纠纷之后，1955 年 5 月，他获得美国专利局颁发的专利证书。

1986 年 7 月 3 日——美国建国 210 周年纪念日的前一天，美国纽约的自由女神岛上举行了一个人们期待已久的盛大仪式：时任美国总统里根向王安颁发了"杰出成就奖"——授予他"总统自由勋章"。1989 年，王安又被授予"美国发明家勋章"。

虽然王安申请专利成功了，但哈佛大学的政策是不从事商业应用领域的研究。这样，摆在王安面前的就只有一条路：自己创业。

在哈佛计算机实验室发明了记忆磁芯以后，为了尽早地把自己的发明投入实际应用，王安决定创办自己的电脑公司。

1951 年 6 月 30 日，王安的实验室挂牌成立。在美国波士顿南郊哥伦比亚大道的一间不足 20 平方米的房子里，一张桌子、一张椅子、一部电话，加上 600 美元的储蓄和他的发明，王安开始了在电脑王国里的创业之路。1955 年，王安计算机公司正式成立。

1962 年，王安发明了 LINASEC 电子排字系统；1964 年发明 LOCI 桌上电脑——第一台能形成对数函数的电子计算机；1971 年首批推出文字处理产品；还建立了采用宽频带技术的地区网络系统——王安网络（Wang Net）……

1988 年，王安成为全美华人首富，王安电脑誉满全球。

由于王安在电脑创造发明方面的突出贡献，以及在企业经营方面的成就，人们赞誉他为"电脑巨人"。

1988 年，美国发明家纪念馆将王安列为继爱迪生、贝尔、莱特兄弟等人之后第 69 位大发明家。

多媒体面前辟蹊径
——沈望博"嫁接"声霸卡

"紧急情报!"

以色列内阁的军事助理匆匆走进会场,在以色列总理拉宾的耳边轻轻地说了这么一句,接着就把一份紧急情报递给拉宾。

这是 1976 年 6 月 27 日,此时拉宾正在主持例行的内阁会议。

内阁部长们面面相觑——他们不知道又发生了什么事。

原来,就在半小时以前,从以色列首都特拉维夫飞往巴黎的法航 139 次航班"空中客车",被劫持到了 4 000 千米以外非洲乌干达的恩德培机场,其中有 103 名乘客和机组人员。

1976 年 7 月 3 日午后,在"鬼怪式"飞机的掩护下,4 架经过伪装的"大力神"运输机呼啸升空——满载着 150 名头戴红色贝雷帽的以色列特种部队的士兵。

接着,全世界被震动了。当天夜晚 10 点 30 分,以色列机群超低空抵达恩德培机场。在激战 30 分钟以后,消灭了机场大楼的 7 名劫机者和大约 40 名乌干达士兵,除了 3 名人质遇难,其余人员被解救。

精彩的传奇故事往往在开始的时候离题万里——解救人质和多媒体有什么关系呢? 解救人质为什么又这么顺利呢?

真是无巧不成书——"恩德培机场? 真是天助我也!"拉宾喜形于色。原来,恩德培机场就是以色列设计建造的,所以他们有机场的全套图纸。第二天,执行"大力神计划"的特种部队就到达沙漠中一处废弃的空军基地,在那里的足以乱真的"恩德培机场"进行解救人质的模拟训练。

以色列千里"虎口拔牙"的"大力神计划"，给美国军方留下了深刻的印象。军方官员认为，模拟恩德培机场的训练是这次行动成功的关键，但美国不可能建立世界上每一个机场的模拟模型，而且也说不定劫机者以后将把人质劫持到何处。于是，军方要求国防部高级研究计划署（ARPA）学习以色列的经验，研究如何用电子的方法来实现这种对现实的模拟。ARPA 感觉这个问题棘手，就求助于麻省理工学院。

1978 年，美国科罗拉多州的阿斯彭市（Aspen）来了一辆摄影车，在用几个星期拍摄了当地街道等的大量照片之后，悄然离去。

所有胶片都送到了麻省理工学院。电脑专家把拍摄到的影像合成在若干张影碟上，经过电脑处理之后，这些影像成了奇妙的电影。从电脑屏幕上看，就像是通过汽车的玻璃窗看到了真实的阿斯彭市街道；更奇妙的是，操作者可以自由选择前进方向——进入自己选择的商店、和路人交谈、从天上的直升机中俯瞰街景……

美国军方对"阿斯彭计划"兴奋不已，而此时，麻省理工学院媒体实验室主任、美国计算机科学家尼古拉斯·尼葛洛庞蒂（1943— ）说："由此产生的，就是多媒体。"

1990 年 2 月，美国著名的电脑杂志《Byte》为"多媒体"下了一个不太严格的定义："多媒体技术就是电脑能够交互式地处理诸如文字、声音、图像、动画、视频等多种媒体信息。"

说多媒体源于阿斯彭计划，也恐怕是一家之言，因为布什内尔在1972 年首创的"乒乓"电脑游戏机就可以这样交互式地处理信息了——它被看作是多媒体的鼻祖之一。

1991—1993 年，被称为电脑的"多媒体年"。此时，我们这个故事的主角沈望博（1955—2023）早已上阵了。

沈望博出生在新加坡的武吉镇，他在 11 个兄弟姐妹中排行第 10。父亲是工人，母亲是目不识丁的家庭妇女。在这个贫困的家庭里，幼年的沈望博曾和母亲一起养鸡鸭补贴家庭，经历了生活的苦难，得到了磨炼。

儿时的沈望博酷爱音乐，而且音乐天赋在学校时就小有名气，他多么希望得到一架钢琴啊！进学校读书期间，他又喜欢上了电脑，但他觉得电脑只能处理数据和文字，太单调、枯燥了。当时他就"异想天开"：电脑若能发出美音妙乐，而且能和人对话，那该多好啊！

20 世纪 70 年代末，沈望博在义安工艺学院电子系毕业以后，就和两个要好的同学——吴启华、谢广成进了一家民办小厂。他对自己能幸运地在这里接触电脑——在微机室打字，感到满意。

20 世纪 70 年代开始的电脑热让沈望博心驰神往，所以在这个小厂倒闭以后，他们三个人就筹集了 1 万新加坡元，创办了"新加坡创新科技有限公司"。此时，日历翻在 1981 年 7 月 1 日上——他刚满 26 岁。

成立公司之前，沈望博就胸有成竹地说："钱，我们自己凑。场地，我们租。市场，我们去找。开发什么产品，我已经想好了。"

那么，沈望博"想好了"的产品是什么呢？是他们推出的既能处理中英文文字，又能发出声音和显示图像的 CT 电脑——一种多媒体电脑。

当时 IBM 公司的 PC 电脑刚刚问世。这样，三个不知天高地厚的年轻人的毛病百出的"多媒体"电脑相形见绌——售出的电脑纷纷遭到退货的厄运。

可喜的是，首战失利的年轻人并没有裹足不前。

沈望博想，以前的电脑都不会"说"华语，而新加坡华人办的公司很多，十分需要汉字处理，于是他决定开发一种会"说"较标准华语的电脑。

当时，不少有识之士已经进入创新公司工作。沈望博牵头组织了 5 人小组专门从事这一研究开发。不知付出多少艰辛，最后终于在 1984 年 10 月推出了会"说"华语的新产品——CUBIC99。同时，他吸取了上次的教训，安排技术骨干组成推销组，开展售后服务。这一招果然获得成功。

接着，1986 年 3 月，创新公司又推出能使用多种语言的多媒体电脑 CUBIC CT。

从 1987 年 2 月起，沈望博就开始圆他儿时的"音乐系统梦"。他发挥既懂音乐，又懂技术的特长，亲自承担课题。在

沈望博

奋战了 6 个月之后，终于推出了"创新音乐系统（C/MS）"——一张 12 复音的立体声音乐合成卡，它特别适合音乐创作者的需求；又成功地开发出一系列音乐软件：C/MS 作曲软件、C/MS 智能电子琴（它不仅适用于一般家庭，而且容易激发青少年喜爱音乐的热情，并把学习与娱乐融为一体）、C/MS 多媒体展示软件。

1988 年 8 月，沈望博带着他的创新游戏音乐卡（Game Blaster，即今日声霸卡的前身），只身来到美国，在美国的旧金山创立了"创新实验室"。一些游戏开发商开始看上了沈望博的音乐卡，因为它可以使 PC 机上的游戏卡不仅有美妙的音乐，还能开口说话。例如，美国电脑界巨人 Tandy 公司就大量采用这种音乐卡，并在它的 8 000 家连锁店里销售。

沈望博终于敲开了通向美国电脑市场的大门。

1989 年，创新实验室在美国 Comdex 展览会上首次推出自行研发的、适用于 PC 机的音效卡——Sound Blaster（声霸卡，直译为"声音起爆器"）。由于它的声音有惊心动魄的感觉，所以引起轰动，销路畅通。

声霸卡的红火，证明沈望博当初开发多媒体电脑的决定非常正确。

如今，声霸卡已成为电脑上不可缺少的音效配件，它支持着成千上万个音乐、教育、游戏、商业、多媒体等软件，使电脑伴随人们愉快地工作、学习、通信交流和游戏。

1992 年 4 月，创新公司推出了与声霸卡齐名的产品 Video Blaster TM（视霸卡），它高质量地为个人电脑提供了全活动视频。

声霸卡和视霸卡的结合，突破了电脑只处理文字、数字的局限，使电脑成为像电视一样实用方便的家电。

在沈望博的领导下，创新公司的声霸卡、视霸卡蜚声全球，IT 业的巨人英特尔、微软也和他合作，把电脑的多媒体功能不断提高到新的水平。

由于沈望博对多媒体的重大贡献，所以有的传记作家称他为"多媒体之父"。

如果你的多媒体电脑的声卡不是"声霸"，但说明书上必定明确无误地写明"和 SB 兼容"——"SB 声霸卡"就是事实上的行业标准。

对此，创新 CEO 沈望博在接受采访时不无得意地说："创新是被声卡宠坏的孩子。"

现在，创新，已经不是一个只有声卡的公司了——不但有数码产品，还有音箱、鼠标、键盘等。

用点阵扫描中文
——从"五笔"到"百花齐放"

1984年深秋的一天，联合国大楼。

一个身着普通西装的"黄皮肤"自信地应邀走了进来，在当时号称世界第一的AT微机上插进一个"小东西"……

在操作员一阵十指轻弹之后的刹那间，一行行方块字飞快地显示在电脑屏幕上——计算结果是每分钟112个汉字。

"汉字一串一串地出来，这是怎么回事？"联合国的专家们瞪大了眼睛。

"这叫'同语输入'，不管多长的词，只需击四次键就可以打出来，并且'字词兼容'见字打字，见词打词，字词之间不用任何附加操作。"在"黄皮肤"解说的同时，操作员按下了"口、亻，人、口"这四个键，"中华人民共和国"这七个字又窜上了屏幕。

"奇迹！奇迹！'字词兼容'，举世无双！"赞叹声此起彼伏。

那么，这个"黄皮肤"是谁，他插进的"小东西"又是什么？

我们暂且不表，先看四年以后的一个故事。

1998年秋，新加坡海关。

一位女官员接过一个中年人的护照之后，就"唰"地站了起来。女官员这一站不要紧，却把中年人吓了一跳。

"难道护照出了问题？"中年人心中犯嘀咕。

"王老师，我们用的就是您发明的五笔字型输入法。"

啊，明白了，前面说的"小东西"就是五笔字软件。

此时，被称为王老师的王永民（1943—　）教授——前面说的那个"黄皮肤"，才"惊魂甫定"：原来他又遇到了一个因五笔字型输入法而受益的"粉丝"。

"你一分钟能打多少字？"

"双手可以打100多个，可一手拿护照，一手打字，怎么也打不快。"

王永民

言者无意，听者有心。王永民迅速联想到手机、互联网、电子字典等等，都要用数字输入汉字。这就需要一种新的输入法。这正应了王永民的话："一个发明家不仅应当有旺盛的创造力，还应当有敏锐的洞察力，随时发现时代之所需。"

1983年，王永民发明的五笔数码输入法诞生了。"只用数字键，单手打汉字"，信息数字化观念在中文输入法方面又比五笔字型输入法进了一步。

五笔数码输入法是五笔字型输入法之后的又一创举，是汉字与数码的完美结合。人们只用键盘上的数字键，用一只手打数字，就可以输入简体、繁体汉字，词汇以及英文字母，标点符号。五笔数码输入法简单易学，使不会打字或不会拼音的人也能很快在计算机上输入中文。王永民说："五笔字型解决打字速度问题，就好比是学会开飞机，而五笔数码技术的发明是解决普及问题，就好比是会开汽车，二者相辅相成。"

当然，从五笔字型到五笔数码，不是唾手可得的——时间经历了12年多，光是发明五笔字型就用了5年。

英文只有26个字母，所以用电脑键盘输入英文很容易；但汉字数目繁多、字形复杂，如何迅速在键盘上敲出来这个问题一直困扰着中国人。甚至有人惊呼："不废除汉字，中国就不能进入现代文明！"似乎，造字的仓颉卡住了他的子孙的脖子。

1978年，河南南阳地区科技局的多种疾病缠身的工程师王永民，在南阳科委的支持下开始试验，当时国内还没有一台 PC 机。要做键盘，必须先找到好的输入方法。

首先，王永民大量收集资料。他把甲骨文、《说文解字》《康熙字典》《辞源》《新华字典》中的数以万计的汉字逐个进行分析解剖，抄写的卡片就多达 12 万张。

接着，王永民吸取了前人的成果。经过查阅资料和多方比较，他认为《英华大词典》主编郑易里先生的"94 键方案"不错。他根据字编码，结果发现 94 键方案要分上下档键，实际相当于 188 键——这么多键肯定不行。他决定压缩键位，从 138 键→90 键→75 键→62 键。他的 62 键方案，在当时的一个汉字编码会议上，被评为是国内最好的四个方案之一。

最后，王永民利用文字学、计算机科学、系统论、人机工程学等多学科知识的优势，对汉字结构规律进行了科学分析，提出了"汉字形码设计三原理"。他用巧妙的构思，首创 26 键 4 码高效汉字输入法和"字词兼容"技术，把千百年来庞杂无羁的汉字，第一次纳入科学的轨道。这样，全世界首次仅用电脑的 26 个键就能高速输入汉字，使"汉字输入电脑不能与西文相比的时代一去不复返了"。

1983 年 8 月 29 日，五笔字型输入法——一项被誉为为"不亚于活字印刷术"的电脑技术，正式通过专家鉴定。这样，在中国还没有普遍应用电脑之前，王永民就超前解决了中国人使用电脑的文字障碍——五笔字型输入法首次使汉字的输入速度突破 100 字/分大关。"举世称难"的汉字进入电脑的世界难题，终于迎刃而解。同年，在美国洛杉矶举办的"全美软件展览会"上，这种输入法引起极大轰动。

说快速输入汉字是世界难题，一点也不是耸人听闻。世界上最大的电脑公司——美国 IBM 公司，耗资 6 500 万美元，研究了几年，最后无果而终。

1984 年，王永民以发明五笔字型输入法荣膺"全国十大新闻人物"的称号。后来，他还获得了"全国劳动模范""有突出贡献的中青年专家"等荣誉称号。路甬祥先生在后来写的《20世纪改变世界的100个瞬间》一书中，中国人占了4个，王永民是其中一个。

王永民没有满足，从1984年起，他又用了10年来完善五笔字型输入法并向全世界推广。

1987年，王永民获得两个电脑方面的中国专利，其中五笔字型输入法专利被美国买去，这是美国买的中国的第一个电脑专利。此外，五笔字型输入法专利还获得了英国专利。

1995年，王永民去了美国。在考察了许多计算机公司之后，他不禁深有感触：中国最需要的还是软件，尤其是汉字技术方面。于是他决定转入软件开发。仅从美国回来的一年多的时间里，他就申请了关于软件方面的12项专利。他还研制出了能同时处理中、日、韩三国文字的"98规范王码"。

目前，汉字输入方法已经有手写、语音和键盘编码输入三种大的类型。其中编码输入又分按拼音输入的方法和按字形输入的方法。再细分下去，已经是"百花齐放"甚至"万'码'齐奔"——仅中国大陆发明的汉字编码输入法就超过600种，有的输入速度已经超过了英文水平。其中智能拼音是拼音输入的佼佼者。五笔字型输入是按字形输入的代表，而面向网络时代的五笔数码输入法则更上一层楼——中国发明协会称它为"汉字输入技术的第二次革命"。

2007年，王永民又推出了新版的王码输入法和能打字的鼠标——"王码键字通"。

王永民的成功，不是偶然的。出生在河南省南召县一个农民家庭的王永民，从小就特别爱思考、爱制作。他十来岁做过脱坯机、捕鼠器、小火车、小飞机等，还为母亲改造过纺车。他在高中毕业典礼上就说过："翻开我们学过的物理、化学课本，上面印的都是外国人的头像，我们中国人为什么不能有伟大的发明，把中国人的头像印在课本上？"1962年，他以南阳地区高考第一名的优异成绩，考入了中国科技大学电子学系……

　　王永民认为："贫穷是一笔财富。"这精神财富不但能带来巨大的物质财富——就像以五笔字型为基础的高科技产品每年都在为国家创造巨大的经济效益那样，而且能给"奔小康"的人们以不渝的信念和巨大的力量……

信息交流从"冷战"开始
——互联网的创立

2005 年 6 月，一个"笨贼和笨警察"（《纽约时报》语）的故事，在全世界炸开了锅。

当年 6 月 8 日，伦敦地方法院开庭审判"世界第一黑客"——网名"独奏曲"的英国苏格兰人加里·麦金农（1966—   ），并企图把他引渡到美国。

黑客（Hacker）麦金农何许人？他又干了什么事，"有劳"英、美两国"兴师动众"？

只有高中文化的麦金农出生于 1966 年，原来在伦敦的一家公司当计算机程序员。他在 1999 年"下岗"以后，就想在互联网上"揭开飞碟（UFO）的奥

麦金农

秘"。可是，这一"揭"却不得了，他攻破了世界上 97 个机密网站——连美国情报部门、军方的机密文件都被他"一览无余"。例如，美国中央情报局就指控他窃取了该局派往海外训练的人员的名单。怪不得麦金农在 2002 年 3 月袭击美国军事网站暴露三年多之后，美国人还余怒未消，扬言引渡后要判他 70 年监禁。

习惯上说的互联网或交互网（港、台称为国际网络），就是 1997 年 7 月（中国）全国科学技术名词审定委员会正式定名的"国际互联网"或"因特网"。那么，互联网是怎样诞生的呢？

建立互联网，可粗略地认为要做四件大事。

第一件大事，是创立"局部网"——主要是被称为"互联网雏形"的"阿帕网"（ARPA-NET）。

1940 年 9 月 9 日，在达特茅茨学院（Dartmouth College）召开了美国数学协会的一次会议，"现代数字计算机之父"——贝尔实验室的乔治·罗伯特·斯蒂比茨（1904—1995），在会上演示了他的复杂计算机"莫德尔 1"号（Model Ⅰ）。由于无法把这个庞然大物从纽约运抵会场，人们就在会场上设置了电传终端，让参加会议的人通过电传机传达自己的指令，间接用远在 370 千米以外的计算机进行运算。这是世界上第一次用计算机实现远程"网络"传输的源头。

邮票：国际互联网

斯蒂比茨

在第二次世界大战之后，"冷战"开始——战争中反法西斯的盟友苏联和美国，成了不共戴天的死敌。为了取得对敌的更多优势，双方展开了包括信息处理技术在内的全方位的竞赛。

1960 年，美国行为心理学家、人工智能专家约瑟夫·卡尔·罗伯特·利克莱德（1915—1990）发表了《人—机共生》一文，预言几年以后，"人们用机器进行的交流，将变得比人与人面对面的交流更有效"。既然要交流，就必须在多台电脑之间建立网络。

基于这种想法，在 1962 年 10 月，美国国防部高级计划署聘请利克莱德担任"指令和控制研究"（CCR，即"人-机交互作用"）的负责人。不久，利克莱德把它改名为"信息处理技术办公室"（IPTO），并在半年内就联系了全美国最优秀的电脑专家——这些人被称为"星际网"。

利克莱德从波士顿林肯实验室聘来的劳伦斯·吉尔曼·罗伯茨即拉里·吉尔曼·罗伯茨（1937—2018），也是加州里海网络公司的首席技术官，策划建立网络的工作。在 1967 年 10 月的 ACM 盖特林堡大会上，罗伯茨提出了建立阿帕网的计划。1968 年 6 月 3 日，IPTO 正式向国防部高级计划署正式递交了"资源共享的电脑网络"——阿帕网研究计划，以便让这个署的电脑实现资源共享。利克莱德与罗伯茨也因此被称作"阿帕网之父"。

达特茅斯学院麦克纳特霍尔（McNutt Hall）阅读厅入口处的铜牌，记载了互联网里程碑的肇始事件：斯蒂比茨于 1940 年 9 月 9 日在这座大楼首次实现了信息的远程传输，他还描述了他在 1937 年构思的"复数计算机"

在建立阿帕网之前和建立的过程中，他们解决了许多技术难题。

难题之一是克服"中央控制式网络"的缺点——容易被敌方"摧毁"。

1962 年初，美国兰德公司的青年工程师——出生在波兰

利克莱德　　　　罗伯茨

的保罗·巴兰（1926—2011）提出了"分布式网络"来克服这个缺点。分布式网络不像中央控制式网络那样简单地把数据传送到目的地，而是在网络的不同站点之间像接力赛那样传送。这样，如果某个节点出错，就不需要"中央控制器"的指令来修复，而是各个节点自行修复——当某些"指挥点"被敌方"摧毁"以后，其他节点也能担任"指挥"作用；同时，单个节点的重要性大大减低——一条线"此路不通"，就可以另走它路；同时，每次传输的数据如果超过一定长度，就被分割成若干个"块"而一站一站地传送。

比巴兰约早半年的 1961 年 7 月和后来的 1964 年，麻省理工学院的伦纳德·克莱恩罗克（1934—　），也是加州大学洛杉矶分校的计算机科学家，先后发表论文和出版书籍，也提出了分布式网络的理论。

1965 年秋，英国物理学家、计算机科学家唐纳德·瓦特·戴维斯（1924—2000）也设计了和巴兰一样的分布式网络——仅仅把巴兰的"块"变成了"包"。

总之，巴兰、克莱恩罗克、戴维斯在大致相同的时间内，各自独立克服了中央控制式网络的缺点所设计的分布式网络，其思路奠定了后来的阿帕网的基础。

难题之二是把两台不同的电脑联结起来。

1965 年，曾经的心理学家、"美洲电脑公司"（Computer Corporation of America）的托马斯·梅里尔（Thomas Merrill）代表自己的公司，向国防部高级计划署提交了在马萨诸塞州和加利福尼亚州之间进行

卡恩　　　　瑟夫

联网试验的计划。麻省理工学院的林肯实验室，完成了这次人类首先远距离接通两种不同电脑的试验。

梅里尔和前面提到的罗伯茨的另一贡献是，他们在 1961 年 10 月给国防部高级计划署提交的报告《通向分时的电脑网络》中提出，联结不同电脑并不困难。这个联结是通过电话线完成的，如果是远距离通信，信号难以到达终点，所以必须用"包切换理论"——它对互联网的发展起了决定性的作用。

在用包切换理论建立"包切换网络"，解决了阿帕网的第二个难题之后的 1969 年，阿帕网在美国的 4 个"节点"（地点）之间正式运行。

1972 年 10 月，在国立研究首创公司（BBN）的美国计算机科学家罗伯特·埃利奥特·卡恩（Robert Elliot Kahn, 1938—　）——经常被叫作鲍勃·卡恩（Bob Kahn）的组织下，召开了国际电脑通信大会。在会上，卡恩演示了 40 台电脑之间联网的阿帕网和终端接口处理器。会上还成立了"网际网络工作小组"，选举美国计算机科学家，后来担

任世界通信公司高级副董事长的文顿·瑟夫
（1943— ）——《纽约时报》所称的"互联网
之父"（之一）——当第一任主席。

从此，阿帕网的网络工作方式得到国际上的
承认。

在美国人研究阿帕网的同时，英国和法国的
一些机构也在进行类似的研究。英国计算机科学

迪姆·伯纳斯·李

家迪姆·伯纳斯·李（1955— ）在 1989 年
发明了因特网和万维网（World Wide Web，常
缩写为 WWW，或者 Web、W3）。注意，互联
网并不等同于万维网；也叫环球（信息）网的
万维网，只是互联网提供的服务之一，是依靠
互联网运行的一项服务。1990 年 12 月 25 日，
伯纳斯和比利时信息工程师、计算机科学家、
发明万维网协议的罗伯特·卡里奥（1947— ）

卡里奥

一起成功通过因特网实现了 HTT 代理与服务器的第一次通信。HTTP
是 Hyper text transfer protocol（超文本传输协议）的缩写，所有的
WWW 文件都必须遵守这个协议。

由于对创立互联网的巨大贡献，瑟夫、卡恩、克莱恩罗克和罗伯
茨都获得了美国国家工程院（National Academy of Engineering）在 2001
年 2 月颁发的代表美国工程科技最高荣誉奖励的查尔斯·斯塔克·德
雷珀奖（Charles Stark Draper Prize，每两年颁发一次）。他们与利克莱
德、迪姆·伯纳斯·李都是"互联网之父"。此外，瑟夫还在 2004 年
荣获计算机领域的最高奖项——图灵奖（Turing Award）。

第二件大事，是建立相关管理规则——制定"传输控制协议"
（TCP）和"网络间协议"（IP）。

在阿帕网的试运行中，科学家们考虑了用各种电脑都认可的信号
来打开通信管道，数据通过之后要关闭管道的问题，否则这些电脑不

知道该何时接收信号，何时结束。梅里尔把它叫作"协议"。

1970年12月，由美国加州大学洛杉矶分校的S.克罗克领导的网络工作小组开始制定"网络控制协议"（NCP）。有了NCP，不但阿帕网的运行有了标准，而且用户还可以根据自己的需要，开发相关的应用软件。

NCP并不是真正的"包切换"模式，有时丢失信包的问题得不到解决。为了解决这个问题和随着加入阿帕网的电脑的大量增加，卡恩于1972年在《操作系统的通信原理》一文中，设计了新的网络管理协议。次年春，他请瑟夫一起考虑了这种协议的各个细节，结果促使TCP和IP从阿帕网中"破茧化蝶"而出。

TCP协议要求用共同的标准检测网络传输中的差错，如果发现问题，就发出信号，并要求重新传输，直到所有数据能安全到达目的地。

IP要求，网络中的每一台电脑，必须像每一部电话都有号码那样，都应有"网址"。否则，别的电脑就找不到它的"芳踪倩影"。

1974年5月，国防部高级计划署把阿帕网转交给国防通信署正式运行。高级计划署的计划中，除了阿帕网，还有无线电信包网和卫星信包网。1977年7月，高级计划署组织了第一次这三个网之间的互联：信包通过约15万千米的"环球"传输之后回到美国，没有丢失一个信包，证明了TCP/IP的成功。

接着，保罗·莫卡佩特里斯发明了"域名系统"（DNS）。这种系统能使电脑用户用自己熟悉的语言，通过电脑转化成电脑懂得的数字式网址。1983年1月1日，阿帕网永久停用NCP，而必须使用TCP/IP——第一个内含TCP/IP协议的Unix版本，是伯克利大学在这一年推出的。

1997年，卡恩和瑟夫被时任美国总统克林顿（1946— ）授予国家最高科技奖项的"国家技术金奖"，以表彰他俩在互联网定义与发明TCP和IP方面的贡献——卡恩发明了TCP，他与瑟夫共同发明了IP。

第三件大事，是发明相关技术——"电子邮件""远程登录"和

"网上交流"等。

1971 年，在阿帕网担任计算机程序员的美国发明家雷蒙德·塞缪尔·雷·汤姆林森（1941—2016）——他原来是位于麻省理工学院附近的 BBN 公司的美国电脑工程师——给自己的另一台电脑发了第一个电子邮件（E-mail），历史性地第一次取得成功。后

汤姆林森

施瓦茨

施瓦茨塑的"互联网的信使"

来，他在收信人的姓名和地址之间加上了著名的"@"（英语读音"at"，汉语读音"爱特"）。他的发明改变了世界，为许多人带来巨大的财富，但他却没有得到哪怕是 1 美分的好处。对此，他自我解嘲地说："创新有时会有巨大的回报，但（我的）这项发明不在此列。"尽管如此，他还是被誉为"E-mail 之父"。1977 年，国防部高级计划署正式规定了在阿帕网上使用 E-mail 的标准。

@是如此赫赫有名，以至于有多如牛毛的名称，例如"猴尾巴"（荷兰语 apensaartje）、"象鼻"（丹麦语 snabel）、"猫尾"（芬兰语 kissanhnta）、"吊着的猴"（德语 klammeraffe）、"小鸭"（希腊语 papaki）、"虫"（匈牙利语 kukac）……

@是如此"网通四海"，让以色列雕塑家、视频艺术家布基·施瓦茨（1932—2009）为它专门塑像（名为"互联网的信使"），"自由行走"在以色列首都特拉维夫以南的沿海小城霍隆（Holon）。

那么，@最早是什么时候出现的呢？早在 1885 年，@就被作为一

个专用商业符号用在了机械打字机的键盘上，是英文 at 的替代符号，表示价格。例如，"Sell @ six dollam"就表示"以 6 美元的价格出售"，不过，@ 的起源却可以追溯到中世纪。在意大利佛罗伦萨附近的普拉托小镇里，意大利学者在这里的经济历史研究所的档案中，发现了一封 1536 年的信。在这封佛罗伦萨的一位商人写的信里，提到他发往西班牙的三船货，其中凡是涉及葡萄酒的容积的地方，都用@ 表示——这是迄今发现的最早使用@ 的记载。

那@ 怎么就成了容积的单位呢？原来，@ 是意大利语 anfora（意思是"酒罐子"）的替代符号——1 个@ 约合 114 加仑（加仑有多种，例如 1 英制加仑≈4.546 升）。这是因为，当时意大利的葡萄酒是按"罐"（也就是@）来进行买卖的。直到今天，anfora 依然是意大利的酒的计量单位。

万尼瓦尔·布什

1972 年，美国发表了正式的远程登录（Telnet）的标准。从此，"无论何时，无论何地"，用户都能"敲自己的键盘"通过互联网来"用别人的电脑"了——这就是远程登录。

能"侃大山"——进行网上交流的设想，首先源于美国科学家万尼瓦尔·布什（1890—1974）1945 年在《大西洋》月刊上发表的文章《因为我们要思考》。1970 年，真正用来交流的系统"德尔斐"（Delphi，古希腊阿波罗神殿所在的城市名）诞生。这种交流的技术在美国杜克大学（Duke University）的两位研究生斯蒂文·丹尼尔、汤姆·特拉斯科特（Tom Truscott），以及另一位名叫吉姆·艾利斯（1956—2001）的年轻人等的努力之下，开发了可以回复别人的帖子的网上程序"Usenet"，并在 1980 年开始成熟。

当然，Internet 的作用远不止上面三个，还可进行"交互式服务""索引服务"和发布"电子公告"等。

第四件大事，是实现"网上地球村"——建立"万维网"。

随着"冷战"结束，"关门闭户"的阿帕网在 1990 年退出历史舞台，以 TCP/IP 为基础的互联网开始"走向世界"，为"全人类"服务。

人们在互联网上不但能看到文字、听到声音，而且还从 1993 年第一次看到了图片、动画、电影……从此开始了"人在故乡，网通天涯"的时代。操作电脑也不必再记那些枯燥无味的命令，而是只需轻轻点击鼠标……

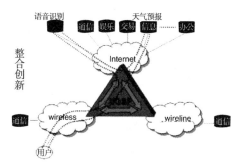

互联网："网通"世界的每一个角落

这一切归功于万维网的创立。当然，它也凝聚了许多科学家多年的艰辛付出。例如，欧洲原子能研究委员会（CERN）从 1989 年 3 月开始的工作——它创立的"超文本标记语言"（HTML），后来成了万维网的标准语言。

1994 年 6 月，斯坦福大学的电脑专家戴维·费洛和祖籍中国台湾的杨致远（1968— ），发明了分类检索软件"雅虎"（Yahoo）。杨致远是当今 IT 业中三位没上完大学就开公司，最后成为亿万富翁的人之一，另外两人是大名鼎鼎的比尔·盖茨（1955— ）及迈克尔·索尔·戴尔（1965— ）。

1995 年，美国电脑程序员霍华德（沃德）·坎宁汉（1949— ）开发了第一个"维基"（Wiki，取夏威夷语"快速"之意）网站，让人们相互合作来创建与编辑在线内容。这就实现了全球"共同在线"。

互联网已成为现代生活的重要组成部分。用指头轻点"老鼠"，我们就能通过雅虎（Yahoo）、谷歌（Google）、百度（Baidu）等网站搜索，在"多得爆炸的信息"中"大海捞'针'"，不一定非要跑图书馆就能从事写作等活

坎宁汉

动了。

正是："百度"一下，就能在"众里"寻找到"灯火阑珊处"的"那人"了！

对于互联网未来的巨大潜力之一，瑟夫于2007年8月26日在苏格兰爱丁堡的国际电视节上预测，正在发生的"下载革命"将使更多的人通过网络看电视，而传统的电视、广播等方法将逐渐淡出舞台。对于谷歌公司当时的副总裁兼首席互联网顾问瑟夫的这个观点，还有待商榷。瑟夫的理由是，他所创建的43亿个IP地址即将用完，当全世界几千万人不约而同地一起用"iPlayer"等软件下载节目的时候，互联网可能会"崩溃"。不过，后来他承认，"43亿个IP地址即将用完"的预测，是他的失误。事实证明，瑟夫的这个担心是多余的：中央电视台新闻频道在2007年10月11日播送的消息说，科学家已经发明了让互联网达到"超高速"的技术——它能让下载一部电影由几小时缩短为几秒钟，并进入"寻常百姓家"。

21 世纪的狂奔
——跨世纪工程"信息高速公路"

"信息高速公路在何处,前方 1 500 米。"在北京中关村的大街上,有这样一块广告牌。这块著名的广告牌,具有"指路"的含义,还有"你到那里就能搞定一切"的隐意,指在互联网发明以后,人们传递或得到信息就可以"秀才不出门"了。

就像在羊肠小道上的行人或狭窄拥堵公路上的车辆那样,没有宽敞顺畅的"高速公路",传递或得到信息的效率就会大打折扣。在这种背景下,"信息高速公路"(Information Highway,IH)应运而生。由于它最早起源于美国,所以它当初的正式名称是"全美信息基础设施"。

网络是信息的道路,长途通信主要有三大手段:卫星通信、光纤通信和微波通信。就 IH 来说,最重要的是光纤通信,而以卫星和微波作为辅助手段。

由此可见,光纤通信是 IH 的基石,IH 就是一个大容量的、由成千上万条光缆组成的传输网。在这条"高速公路"上奔跑的,是有线电话、有线电视、计算机等之内的形形色色的信息。它

老戈尔　　　　　小戈尔

是由美国国会众议院议员小戈尔〔Albert Arnold Gore Jr. ——阿尔伯特·阿诺德·戈尔(小),1948—　〕在 1991 年首先提出来的。小戈

尔的这个创新，可能是受到他的父亲，当过三届国会参议院议员的老戈尔［Albert Arnold "Al" Gore, Sr. ——阿尔伯特·阿诺德·（阿尔）·戈尔（老），1907—1998］的影响——1955 年，来自田纳西州的国会参议院议员老戈尔就在美国国会提出了"州际高速公路法案"。美国 IH 网的建成，促进了国家经济的繁荣和发展。小戈尔也想学父亲，让 IH 使全国的每一个家庭和办公室都有"高速"联结起来的终端设施。

1992 年，克林顿竞选美国总统，他就把 IH 计划作为竞选纲领之一，并让为 IH 乐此不疲的小戈尔担任竞选的副总统，最终赢得了大部分美国人的支持。

1993 年初，克林顿入主白宫。同年 9 月 15 日（一说 11 月 15 日），副总统（1993—2001 在任）小戈尔和商务部长罗纳德·哈蒙·布朗(1941—1996) 宣布，美国将实施 IH 计划——"永久改变美国人生活、工作和相互沟通的计划"。当年年底，小戈尔又宣布，政府正在制定 IH 计划的政策，并将投入几十亿美元建设高速信息网。整个 IH 则将耗资 4 000 亿美元，在今后 20 年内完成：2000 年初步建成，2013 年全部完成。

被克林顿委以重任的小戈尔全身心地投入 IH 计划。对此，《纽约时报》曾讥讽他不务正业："除了 IH，几乎无事可干。"他听了之后，一笑置之。

1994 年 5 月，国际电信联合会在阿根廷首都布宜诺斯艾利斯开会。小戈尔在会上阐述了美国建立全球信息网络的立场，提出了建立全球 IH 的设想。

第二年 2 月 25 日，在比利时首都布鲁塞尔召开了建立全球信息社会的圆桌会议，为推倒"电信壁垒"起了促进作用。西方六个主要工业国家——美、英、法、德、意和加拿大，以及日本工商界的人士参加了会议，这些国家的 45 家世界最大的电子企业集团的领导人也出席了会议。

与此同步，美国微软公司、麦考移动电话公司和其他公司，以及欧、亚的一些大公司，都投入巨资，准备建立由 48 颗卫星组成的"环球之星"通信网络。

…………

20 世纪 90 年代出现在美国，接着涌动全球的"IH 热"，是科技发展的必然归宿——当时全球数量并不特别多的电脑、电话之间的互联网信息也不够通畅，那面对随之而来的电脑、电话的剧增和海量信息，又该怎么办呢？

信息高速公路战略规划示意

面对这种情况，小戈尔的 IH 提议立即得到几乎全世界的热烈响应。

英国电话公司在 1994 年 2 月 23 日宣布，它将投资 100 亿英镑兴建一条连接全英国所有家庭、办公室、学校的光纤信道……

法国政府也在同一天召开专门的内阁会议，研究 IH 问题……

中国政府已经在 1993 年年底正式启动了"三金工程（计划）"（"金卡""金工""金桥"），以及其后的"金"计划（例如"金农""金税"等）——它们是攻克 IH 的"前哨战"。

…………

光有雄心勃勃的计划、人才和资金，没有理论创新和先进的技术准备，是远远不够的。好在此前已经有了这种准备。

在理论创新方面，经过 1938 年开始的 10 年研究，贝尔电话研究所的工程师——美国应用数学家、信息论专家、计算机科学家香农（1916—2001），于 1948 年在《贝尔系统技术》杂志第 27

香农

卷上分两期发表了长达 80 页的论文《通信的数学理论》。次年，韦佛

（Weawer）把这艰深难懂的论文加以注释后，出了244页的单行本。也是在1949年，香农又发表了《噪声中的通信》。

香农汲取多家成果的这两篇论文，成功地创立了许多基本概念，把"信息"这个至今仍"含混不清的词汇"提升到严密的科学高度，解决了信息传输的基本理论问题，经典信息论这门新学科宣告诞生。这正如贝尔实验室的工程师、发明家、科幻作家约翰·罗宾森·皮尔斯（1910—2002）在1973年所说，这"就像一枚重磅炸弹起爆，震撼了科学界"。

后来被广泛用作度量信息的单位"比特"（bit），就是香农在1938年出版的《继电器和开关电路的符号分析》中首先创立和使用的一个基本概念。

"多余的信息往往是有用的，消灭这些多余未必有利"就是香农解决的信息传输的一个基本理论。实际情况是，英语中的"多余度"约50％。如果"To err is human"（人孰无过）传输后被接收为"Too err is human"，通常有知识的都能看懂。如果"Yanks beat reds"被接收为"Yanks beat rebs"，虽然只有"d"变成了"b"，意思就不明白了。这是由于这两条信息的多余度不同的缘故。

把信息传输过程理想化为信息源、发送器、传输信道、接收机和接收者这五个部分，也是香农提出来的。

在先进技术方面，20世纪初电子技术的迅猛发展，各种新电子元器件、材料的不断出现，包括电子计算机等各种"高科技"产品的层出不穷，都为IH计划"铺路搭桥"或"添砖加瓦"。

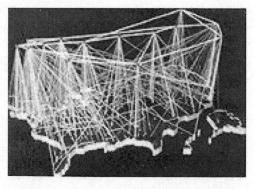

信息高速公路星罗棋布的密集网点覆盖全美国

由于解决了"理论"和"技术"问题，信息论才在许多科学家的努力之下步入飞速发展的阶段，才有 1979 年 9 月世界各地的专家云集巴黎的"信息与社会周"国际会议，才有 1983 年联合国的"世界通信年"，才有美国 1993 年开始的 IH 计划……

现在，IH 还是一个正在实施中的计划。虽然取得了巨大的成功，但依然面临资金、技术、管理等方面的问题。面对这些问题，人类依然在高速路上狂奔，并且"说好不回头"……

"IH 之父"小戈尔从 2001 年淡出政坛之后，继续致力于包括全球气候变化等内容的"环保"。他制作并担任主演的环保影片《难以忽视的真相》，荣获 2007 年第 79 届奥斯卡最佳纪录片奖。当诺贝尔奖评委会以"也许是世界上对环保贡献最大的个人"为由，把 2007 年诺贝尔和平奖颁给这位"环保先锋"之后，他把获得的大约 154 万美元的奖金全部捐赠给了"气候保护联盟协会"。

看来，当副总统时"几乎无事可干"的小戈尔在任上干的事，也许真出乎《纽约时报》的意料：他还提出了著名的"数字地球"（连同 IH，引发了一场技术革命）概念，并且在"环保"上积极推动克林顿签署的著名的《京都议定书》，成了环境学家。

看完了以上的故事之后，一些读者可能要提出这样的问题：IH 与互联网有什么关系和区别？简单的回答是，互联网是一个中高速的广域网，仅仅是 IH 的雏形，而 IH 则是连接全球各个角落的高速传输信息的全域网。

金属也有"大脑"

——神奇的记忆合金

"史密斯先生，请您到仓库去领一些镍钛合金丝！"1963（一说1962）年，在美国海军研究所军械实验室里，一个实验需要一些镍钛合金丝，美国冶金学家威廉·詹姆斯·比勒（1923—2014）博士这样吩咐中士史密斯（Smith）。

威廉·詹姆斯·比勒

"好！"史密斯立刻来到了军需仓库，然而，他发现仓库里剩余的镍钛合金丝都是弯弯曲曲的，不能用。

怎么办？为了应急，史密斯还是领了回来。

"这怎么能用呢？这样吧，你先用拉直机把它们拉直吧！"比勒对史密斯说。

一根根镍钛合金丝都被史密斯拉直了。他顺手把拉直的镍钛合金丝放在一旁壁炉的搁板上，就去干其他事了。

过了一会儿，当史密斯准备将这些拉直的镍钛合金丝送给比勒的时候，他奇怪地发现，它们全部又变得弯弯曲曲了。

"这是谁干的？没有人来过啊！"史密斯迷惑不解地嚷道，"不！不可能！这究竟是怎么回事呢？"

比勒听了史密斯的汇报，让他重新拉直镍钛合金丝之后待用。

于是，镍钛合金丝又被拉直，并仍然放在壁炉的搁板上。

不一会儿，这些镍钛合金丝又鬼使神差般地变弯了。

这个奇怪的现象引起了比勒的注意，他敏锐地意识到，这其中有"文章"。

比勒进行了实地观察：搁板是不锈钢做的，周围没有特殊的化学物质和强电场或磁场，壁炉也没什么异常。

"啊！好烫！"当比勒伸手摸到搁板的时候，惊叫起来。原来，搁板下有蒸汽管道通过。

"也许是温度在作怪，还是做实验吧。"比勒决定通过实验来证实。

比勒亲自用拉直机拉直了一根镍钛合金丝，然后对它慢慢加热。"怪事"果然出现了：当镍钛合金丝升高到一定的温度时，直的镍钛合金丝突然恢复了原先弯曲的形状。他反复试了多次，结果都一样。

物体在某一温度下变形，去除外力后依然保持变形后的形状，但在较高温度下能自动恢复到变形前的原有形状，这就是"形状记忆效应"（shape memory effect，这种特性叫"单向特性"或"单向记忆效应"）。具有这种效应的合金材料就是形状记忆合金（shape memory alloy，SMA）。

不过，比勒并不是发现合金的记忆效应的第一人。1938年，美国哈佛大学的格雷宁格、姆拉迪亚等学者，已经在铜-锌（Cu-Zn）合金中观察到记忆效应。最早的物质记忆效应，则可追溯到1932年，瑞典人奥兰德（A. Olander）在金-镉（Au-Cd）合金中观察到"橡皮效应"（Rubber-like behavior），即马氏体能随温度变化而消长。

比勒再次发现形状记忆合金的消息轰动了科学界。在大家纷纷研究之后，各种形状记忆合金相继诞生。

形状记忆合金的发现，解决了1969年美国阿波罗登月计划中的一个难题。这个难题是，要在月球上架设人离开之后也能把信号发回地球的大天线，但飞船放不下几米长的天线，又不可能在月球上临时制造。发现形态记忆合金后于是天线用镍钛形状记忆合金制造，并被蜷缩得能放进飞船。登上月球以后，宇航员取出天线对着太阳，使它的温度逐渐升高。随着温度的升高，镍钛形状记忆合金恢复了记忆形状，巨大的半球形天线徐徐张开……

1997 年，美国航空航天局又用长 3 米、直径 0.15 毫米的镍钛形状记忆合金丝，驱动火星探测器上的太阳能电池板张开，获得成功。

形状记忆合金在仪器仪表、电器、自动控制、航空航天、医疗、生物工程以及机器人等各个领域，已经得到广泛应用。汽车防滑轮胎就是一例。

汽车在紧急刹车的时候，由于惯性，轮胎还会向前滑动，容易发生车祸。后来，发明家们就在"汽车防滑轮胎"中镶嵌上两三圈带有钉子的镍钛形状记忆合金环。平时，这些钉子缩在轮胎凹进的花纹之中；紧急刹车的时候，由于轮胎和地面剧烈摩擦产生了巨大热量，记忆合金环就伸展开来，增大了轮胎与地面的摩擦，起到了防滑的作用。

类似的发明还有安全淋浴器、自动开闭百叶窗等。

1970 年以后，美国在 F-14 战斗机上使用了几十万个用镍钛形状记忆合金制成的管路接头，至今没有发现一个破损或漏油。

如今，科学家们已经研制出镍钛、镍铝、铜镍铝、铜锌铝、银镉等 30 多种形状记忆合金。

除了形状记忆合金，还有多种记忆合金，冷热记忆合金就是其中一种。它也是 1958 年由美国海军研究所军械实验室首先在镍钛合金中发现的，被称为"镍钛诺"（Nitinol）。它可以用在有温度变化的水中做能输出动力的热机。

"镍钛诺"的神奇使一位科学家迷惑不解："热力学定律没错，但它不能说明'镍钛诺'的奇妙特性。"

对记忆合金的研究一直没有停止过。1979 年，瑞士科学家发现了"双向记忆效应"——记忆合金在第一次变形以后，合金一旦受热或受冷，可以发生可逆性变化。这种特性也有广泛用途。

和记忆合金类似，科学家们还发明了许多有"智能"的材料，下面提到的是其中三种。

1997 年，日本名古屋大学研究所专攻材料的物理化学研究的武田邦彦教授，成功开发出一种能自我修复的塑料——聚二苯醚（PPE，一种工程塑料），延缓了塑料的老化。

科学家还发明了许多种"智能玻璃"，把它们安装在窗户上，就能自动调节室内的温度和亮度。

2005 年，美、德科学家根据塑料的形状记忆效应，首次研制出能在不同波长的光线下改变形状的塑料。它在工程、制造和医学等领域有广泛的应用前景。

除了记忆合金，科学家们还发明了许多有特殊用途的合金，防震合金就是其一。它能"治本"——直接削弱震源，使以前传统的、只能"治标"的"系统防震"（例如空气或油压减震）和"结构防震"（例如采用蜂窝夹层结构）发生了革命性的变化。

现在，记忆合金已经广泛应用于各个领域，科学真是神奇。

从巴基球到碳纳米管
——方兴未艾的纳米技术

"让人造地球同步卫星放下梯子，建立'登（通）天之塔'……"

这是英国著名科幻作家阿瑟·查尔斯·克拉克（1917—2008）在他于1979年所创小说《天堂的喷泉》中描绘的情节。苏联工程师尤里·阿尔楚塔诺夫已经"捷足先登"——早在1960年，他在自己的学术文章里就提出了这种设想。其实，这种登天之塔早在《圣经·创世纪》第十一章中就有描述：创世之初，人类就想建"巴别塔"（即通天塔）来通向天堂。有趣的是，古希腊历史学家希罗多德（公元前484—前425）还在他的名著《历史》中声称，他在公元

德国14世纪70年代描绘的拟建"通天塔"

前460年见到过一座已经荒弃的通天塔，它有8层，高约200米。1899年，德国考古学家罗伯特·科尔德韦在巴比伦挖掘文物时，发现了一座每边长87.78米的正方形塔基，上面建的神庙有7层。他认为，这座塔基和神庙总高度也是87.78米的塔，就是通天塔。

当时，有人问克拉克，要多久才能实现"太空电梯"的梦想？

"在大家停止嘲笑后的50年。"克拉克回答。

40年后的今天，嘲笑克拉克的人已经销声匿迹。美国国家航空航天局（NASA）在20世纪末就把太空电梯的构想纳入"先进概念研究项目"中，并已投入几百万美元的研究经费。2003年9月13—15日，

"第二届国际太空电梯会议"在美国新墨西哥州首府圣达菲市召开。来自各个领域的70名专家对太空电梯进行了探讨，部分与会专家甚至乐观地估计，第一架太空电梯将在2013年建成。克拉克也在他位于斯里兰卡的家中，通过卫星系统向大会现场发表了演说。纸上谈兵不如说干就干，同年，美国Highlift Systems公司宣布，它将在未来几年内开始建造太空电梯——从太空垂下10万千米长的"碳纳米缆绳"，它的底端在地球的一座大洋的平台上……日本也成立了宇宙电梯协会。

也是在2003年，一根特制的"细长针"插入病人的癌变组织内，一些磁性氧化铁微粒通过它注入癌变组织。通过外加交变磁场，使这些微粒在癌变组织中运动、产生热量，癌变组织因此被"加热"而活性被抑制。在加热到47℃以上高温的时候，病人体内直径小于5厘米的肿瘤被杀

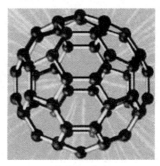

碳60巴基球

灭；并且，在加热过程中，健康细胞组织不会受到伤害。

这是德国科学家经过多年研究，在世界上首次推出的癌症"纳米热疗法"。这里的磁性氧化铁微粒，是一些纳米级的微粒。这种奇特的治疗方法，依靠的也是"纳米技术"。

2004年5月，美国纽约大学的化学家纳德里安·西曼等宣布，他们研制的纳米机器人可以在实验盘上行走。

2005年，日本名古屋大学利用新发明的"纳米光造型法"，用树脂制成了一只全长仅10微米的凤蝶，为超小型化工厂和生物体内的微型装置做准备。

…………

各种"纳米"一窝蜂涌上21世纪初的科技舞台，这是偶然的吗？

纳米技术是20世纪90年代出现的一门新兴技术，是在10^{-9}米尺度的空间内，研究电子、原子和分子运动规律和特性的崭新技术。科学家将它与信息科技、基因科技一起，并称为"21世纪高科技三剑客"。

1991 年 11 月的英国《自然》杂志上，日本 NEI 公司科学家饭岛住男说他意外地在高分辨率的显微镜下发现了一种新材料碳纳米管——也叫"巴基管"。这是一种细管状的碳化物，它的直径只有 1 纳米。这种材料极为坚固，比钢坚硬 100 倍，重量却

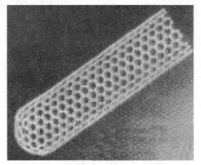

一种碳纳米管

只有钢的 1/5，用它织结起来的直径 1 毫米的细丝就能吊起 20 吨的重物！在此前 1990 年的年底，瑞士苏黎世的一个实验室也意外地发现了碳纳米管。后来，又有科学家制造出双层碳纳米管。

2004 年初，英国剑桥大学的科学家阿兰·温德尔所领导的科研小组，已经用碳纳米管编织成了纳米绳，它的硬度是金刚石的两倍，刚度是钢材的 10 倍。

科学家用碳纳米管造出了世界上最小的电动机，它的直径约为 500 纳米，只有头发丝直径的 1/300。这种电动机的旋转叶片是一片金叶，长度不到 300 纳米，能够像普通电动机那样在电压驱动下转动，它的应用潜力很大，比如操纵光信号、探索化学物质等。

碳纳米管之所以这样神通广大，是因为它非凡的结构，而这，还得从"巴基球"——全称"理查德·巴基米尼斯特·富勒球"说起。

我们知道，碳只有两种同素异形体——锥状结构的金刚石和层状结构的石墨。1999 年 7 月，美国夏威夷大学的吕安·贝克尔和美国国家航空航天局的科学家，在 1969 年坠落在墨西哥境内的一块陨石中，却发现了一个奇怪的接近足球状的空心 32 面体——天然的巴基球。由于它由 60 个碳原子组成，所以又称为碳 60。在此之前，美国科学家在苏联圣彼得堡附近的寒武纪（大约 6 亿年前）地层中，也发现过这种巴基球。

1985 年 9 月 4 日，美国的两位化学家理查德·埃尔特·斯莫利（1943—2005）、罗伯特·弗洛伊德·柯尔（1933— ）和英国化学家

哈罗德（哈里）·沃尔特·克罗托（1939—2016）爵士，在用激光照射石墨时发现了碳60，他们也因此共享 1996 年诺贝尔化学奖。发现碳 60 的论文，则发表在 1996 年 11 月英国的《自然》杂志上。

后来，科学家们又相继发现了碳 50 和碳 70 等多种巴基球。

从此，碳的同素异形体家族中又有了第三个成员：空心笼状结构的各种巴基球——它们被统称为"富勒烯"。

富勒烯这个名词，是为了纪念美国著名建筑师理查德·巴基米尼斯特·富勒（Richard Buckminster Fuller，1895—1983）而取的。他在 1948 年建成了球形的"穹隆建筑"——准确地说是空心的球内接多面体的一部分。他为 1967 年的蒙特利尔世界博览会设计的 20 层高的球形美国展览馆，就用六边形（和少量五边形）构成了"弯曲"的表面。半个世纪以来，全世界的 40 万个穹隆建筑为他赢得了"当代达·芬奇"和"技术诗人"的美名。他还是测量大地穹面方法的发明人。

从上到下为：克罗托、柯尔、斯莫利

对称、和谐、美妙的巴基球有许多奇特的性质。它具有磁性和非线性光学性质；加进钾和钠的巴基球，具有超导电性——转变温度为 18 K……

富勒

这些发现引起了科学家们的极大兴趣，从此，"人工生产巴基球"的任务就摆在他们的面前。

1991 年，美国亚利桑那大学的物理学家达罗·霍夫曼和德国核物理研究院的博根·克罗奇迈尔，首先创立了大量生产巴基球的简便方法。他们抽干放有石墨棒的密闭容器中的所有空气，再用电流加热石墨棒使它变

蒙特利尔世界博览会上直径75米的美国展览馆

成气体，这些气体冷却后产生的粉末中就有巴基球。

1992 年，美国科学家用激光照射碳 60 巴基球，得到含有 400 个碳原子的又一种巴基球——碳 400。

前面提到的巴基管，则是碳的同素异形体家族中的第四个成员。

碳纳米材料和其他纳米材料一样，有着广泛而神奇的用途，所以世界各国都投入重金研究——特别重视纳米电子学和纳米生物学。例如，巴基管的电流负荷，可以达到不可思议的 1×10^9 安培/厘米^2，是普通铜导线几千安培每平方厘米的几十万倍！

从 2003 年起，在日本经济产业省的主导下，包括三菱机电公司在内的几家日本大公司，开始研制新型显示屏 FED。FED 将会带来显示技术的又一次革命：比目前被广泛使用的液晶显示器 LCD 更薄，比强劲上市的等离子显示器 PDP 更省电，当然更比已经进入千家万户的显像管显示器 CRT 各方面都强。FED 的关键部件——电子释放源部分，必须采用碳纳米管。

集成电路刻线宽度的尺寸，大致每 18 个月要缩小约一半。集成电路一直走的是缩小尺寸的路子，到现在，刻线宽度已缩小到 100 多纳米，而一旦刻线的宽度小于 100 纳米进入纳米尺度的时候，原有的物理学规律将发生根本的改变。尺寸的不断缩小，还会导致投资呈指数式上升，建一个工厂可能要花千亿美元的"天文巨资"。全世界都在关注如何解决这个难题。纳米科技的出现，有可能破解这一难题。纳米

科技将在另一个领域、另一个尺度范围内对电子学的基本原理进行重新审视，改变在微米尺度范围内一味依靠缩小尺寸实现科技进步的传统思维模式。

2011 年 6 月，IBM 托马斯·沃森研究中心的科学家在《科学》上发文宣布，他们研制出了首款由石墨烯圆片制成的集成电路，向开发石墨烯计算机芯片前进了一大步。这一成果，被评为当年的"世界十大科技进展"之一。在这一年，欧盟委员会也把"石墨烯科技"评为"对未来影响最大的六项前沿技术之一"。

一种"纳米光触媒"的产品已经进入市场。专家预测，这种在防污、抗菌、除臭、空气净化、亲水材料、水处理、可降解塑料等方面有广泛作用的产品，将在环境产业中占 10% 的市场份额。

未来，用纳米技术将制作出各种各样的微型机械，这些产品功能奇特、巧夺天工、匪夷所思。例如，用纳米技术打电话，将克服光纤传输被窃听的弊端，让通话彻底保密。又如，纳米机器人可以用光能来驱动。

纳米科技还让科学家们揭开了一些生物的奥秘。

鲸的个头那么大，然而我们却难以从它清洁的皮肤上找到寄生物，这个现象迷惑了不少生物学家。

2003 年，德国汉诺威兽医学校的克里斯托弗·鲍姆研究小组发现，鲸的皮肤具有特殊的纳米结构，它能阻断甲壳类幼虫等小型海洋寄生生物在它们的皮肤上聚集。鲍姆在扫描电子显微镜下观察冷冻的干状巨头鲸皮肤标本的时候发现，它们的皮肤表面由许多直径为 100 纳米的小孔组成，在小孔的周围围绕着一圈纳米级的隆起物，各隆起物间的物质是由一些特殊的蛋白质酶组成的橡胶状凝胶。鲍姆认为，细菌及硅藻等微生物很难寄生在这些隆起物上，如果它们进入凝胶中，那些特殊的蛋白质酶会将它们消灭。

研究人员希望借鉴鲸皮肤的结构制造出生态环保型油漆，从而替代目前广泛使用的有毒抗寄生物油漆。为了仿制鲸的皮肤，研究人员计划采用多种可降解生物材料，如用硬聚合物基体制作凝胶，用嵌入基体的石英晶体制作纳米级隆起物。

鸭毛、鹅毛为什么不进水呢？科学家经过研究发现，原来这些羽毛之间的间隙很小——达到了纳米数量级。于是，"打不湿的服装"被研制成功。

现在，科学家们正在研究制造纳米材料的新方法，并取得了一些进展。

在2003年11月，由美国杜珀大学的化学家和芝加哥大学的物理学家领导的一个小组，发现了水滴形成的奥秘，这可能带来制造纳米尺度的纱线、电线和粒子的新方法；并且，他们已经根据研究成果制造出直径小于100纳米的纤维。

2007年初，苏格兰爱丁堡大学的化学教授戴维·利说，该校的科学家们"已经制造出一种用于纳米机器的马达"。纳米机器在光合作用、屈伸肌肉和在细胞间传递信息等现象中发挥着重要作用，它小得难以置信——部分是由单分子组成的。这样，由麦克斯韦在140年以前设想的"麦克斯韦妖"变为现实，这种"妖"只有原子大小。

在纳米科技的革命性潮流中，中、美、英、法、德、俄、日等国，都先后制定了国家级的纳米科技战略计划并取得了不少成果。这种情况，在科学技术史上十分罕见。

2017年11月27日的一则报道说，"三星电子"旗下的研发部门合成了一种爆米花模样的"石墨烯球"，把它用于锂电池（商用最早是在1991年），不但充电速度加快（如果原有锂电池1小时才能充满，现在可缩短到12分钟），而且让容量增加了45%，延长了续航时间。报道还说，"三星电子"旗下高等技术研究所（SAIT）的论文，已经发表在2017年11月出版的《自然》杂志上。

中国在纳米级的研究开发方面也进入世界前列。纳米人骨已经进入临床应用研究，纳米空调产品已投放市场，纳米固体氧化电池已经研制成功，纳米化妆品已经面世。中国科学技术大学俞书宏教授领导的课题小组在 2005 年制成了纳米电缆。"中国造"全球首批量产石墨烯手机 3 万部于 2015 年 3 月 2 日在重庆正式上市，揭开了石墨烯产业化应用的序幕。中国科学家还发现了石墨烯的抗菌作用⋯⋯

面对迅猛的"纳米浪潮"，也难免"泥沙俱下，鱼龙混杂"。有的商家为了谋取不义之财，就玩"纳米把戏"——什么商品都戴上"纳米科技"的头衔。面对鱼目混珠、一哄而上的"纳米产品"，我们应保持清醒的头脑——真正的纳米时代还没有完全到来。政府也采取了一些规范措施，例如中国在 2005 年 4 月 1 日起，就开始实施了《纳米材料术语》等国家标准。

使人感叹的是，在 20 世纪 80 年代的时候，"三微技术"——微米级尺寸、微瓦级功率、纳秒级计时，还很"高端"；而曾几何时，微米级尺寸就被提高了三个数量级，变成纳米级尺寸。面对这高科技的迅潮猛浪，我们必须掌稳"船舵"，还要加紧"摇桨"⋯⋯

牧羊老人"走到今天"
——从马格尼特到磁悬浮列车

"有鬼啦！有鬼啦！"一个牧羊人边跑边大声呼喊。

一天，古希腊马格尼村的一位牧羊人在山坡上放羊，突然风雨交加，他只好急忙把羊群赶进附近的山洞。又累又困的他，扔下手中铁制的赶羊棍，躺在一块石头上睡着了。当雨停之后，他睡醒了，起身去拿赶羊棍准备赶羊回家。但他发现，赶羊棍好像被什么东西吸着，始终拿不起来——不管使多大的劲儿。

牧羊人吓坏了，就像开头那样连喊带跑地回到村子里。

村里一个胆大的小伙子拼命用力，棍子才被拽起来。人们发现，赶羊棍上粘了许多矿石的小颗粒——磁铁矿石。为了纪念磁石发现地，古希腊人把磁石叫作"马格尼特"。

这个故事还有另一个版本。

在古希腊，一个孤苦伶仃的牧羊老人，穿羊皮衣，拄铁拐杖，整年赶着羊群到处放牧，四海为家。

一天，这个牧羊老人赶着羊来到土耳其一个名叫马格尼特的地方。走着，走着，他突然发觉拐杖变得越来越重，好像被什么东西往下拉似的。他低头一看，不觉大吃一惊：这山的"石头"粘在了拐杖上。他就捡了一些"石头"带回家乡古希腊，从此，古希腊人就知道了磁石。源于此，直到今天英文中的磁石还叫马格尼特（magnetite）呢！

据人们传说，最早注意到磁现象和电现象的科学家，是古希腊科学家泰勒斯（约公元前640—约前546）。

人类发现磁石和对它的研究，带来了许多重大发明：导引方向的指南针，产生电流的发电机，用于科研的磁悬浮……

纪念泰勒斯的邮票，由希腊1994年发行

磁悬浮技术的发明，还给当代的交通带来了便捷和快速。

我们知道，普通列车是利用车轮和钢轨之间的相互作用来解决支撑、导向、驱动和制动这四大问题的。研究表明，这种轮轨列车的理论最高速度是380千米/小时。但是，考虑到震动、噪声、轮和轨之间的磨损等因素，实际速度会低于300千米/小时。为了"更快"，科学家们进行了不懈的探索，而磁悬浮列车就是其中之一。

磁悬浮列车主要利用了磁铁"同性相斥、异性相吸"的原理，来实现列车在轨道上的悬浮，再利用线性电机驱动列车运行。这样，由于列车和钢轨之间不直接接触，避免了不必要的摩擦力，大幅度降低了能耗、磨损、震动和噪声，从而达到更高的速度。

1911年，俄国托木斯克工艺学院的一位教授，就设计并制成一个磁悬浮列车模型。1922年，"磁悬浮之父"、德国工程师赫尔曼·肯佩尔（1892—1977）提出了电磁悬浮原理，并于1934

超导磁悬浮

年获得了开发磁悬浮列车的专利。20世纪30年代，美国的两个年轻人也在《科学》杂志上发表论文，设想了磁悬浮运输工具。

限于当时的技术条件和认识水平，他们没能"再立新功"，其设想也没能引起足够重视。

不过，人类没有"枉过一春又一春"。到了20世纪70年代，世界工业化国家为了提高交通运输能力，德国、日本、美国、加拿大、法国、英国等发达国家相继开始筹划磁悬浮运输系统的研制，其中，德国和日本走在了世界的前列。

1971年，德国修建了世界上第一条磁悬浮铁路试验线，至今已先后经过8次改型（从TR1型到TR8型），上海浦东磁悬浮列车线就是采用其最新的TR8型技术。

1972年，日本也成为拥有试验磁悬浮列车线的国家。它采用超导磁悬浮技术的试验线列车，最高速度可达552千米/小时。

1987年，联邦德国造出了世界上第一台高速磁悬浮列车，速度达到310英里/小时（1英里约合1.61千米）。

…………

这样，人类的陆上交通工具就走出了"轮子时代"。

对应磁铁的"异性相吸"和"同性相斥"，磁悬浮列车也有这两种形式，分别以德国和日本为代表。

德国所设计的磁悬浮列车被称为常导磁吸型（即常导型），它是利用普通直流电磁铁电磁吸力的原理将列车悬起1厘米左右。

日本所制造出的磁悬浮列车被称为超导磁斥型（即超导型），它是利用超导磁体产生的强磁场，使列车运行时与布置在地面上的线圈相互作用，产生电动斥力将列车悬起10厘米左右。

两种类型的磁悬浮列车，到底谁更先进呢？德、日两国都"王婆卖瓜"，尽说自己的好。

从速度上来看，常导型磁悬浮列车一般速度为400～500千米/小时，超导型磁悬浮列车略胜一筹，可达500千米/小时以上。

从技术难度来看，超导型磁悬浮列车要大得多，投资也比较昂贵；常导型磁悬浮列车只使用通常的电磁铁，是完全实用、成熟的技术。

2001年8月14日，中国首辆实用型磁悬浮列车在长春机车厂下线。同年9月，运行试验成功。其实，中国的磁悬浮列车试验，早在

1986 年就开始了——在耗资 3 000 万元之后，西南交通大学研制的具有自主知识产权的中低速磁悬浮列车，于 2006 年 4 月 30 日在都江堰市的青城山建成并调试成功。这辆列车自身重 18 吨，可载 60 人，轨道全长 419.925 米。

2003 年 12 月 29 日，世界上第一条商业示范运营的磁悬浮交通线，由"明星"号磁悬浮列车载客，在上海开始试运营。这条磁悬浮线西起陆家嘴上海地铁 2 号线的龙阳路站，东到浦东国际机场，正线长 29.873 千米，平均和最高速度分别约 200 千米/小时和 450 千米/小时，投资 89 亿元，离地面 8~10 毫米，单程行车时间 7 分 20 秒，单程票价 75 元。2006 年 4 月 26 日，这条线通过了国家竣工验收后正式运营。

从 2006 年开始建设的沪杭磁悬浮线，约长 175 千米，是中国第一条长途线。它的速度为 450 千米/小时，1 小时内可在沪杭之间往返。

同普通列车相比，磁悬浮列车具有速度快、安全舒适、噪声小、能耗低和有益于环保等许多优点。但在磁悬浮列车的前面，也还有许多问题需要解决。

问题之一来自磁悬浮列车本身。

首先，昂贵的造价让人望而却步。据估计，1 千米高速公路投资为 2 亿元，1 千米磁悬浮铁路投资超过 6 亿元。德国曾拟建柏林到汉堡之间、慕尼黑火车站到机场之间的磁悬浮铁路，就因造价太高而最终放弃。

其次，某些技术也有待完善。断电后磁悬浮列车的安全保障措施，尤其是停电后列车的制动问题仍需进一步解决。

最后，磁悬浮列车的强磁场对人体与环境的影响，也有待进一步考察。

问题之二来自"对手"——高速轮轨列车的挑战。

举例来说，在 2006 年之前，中国就爆发了京沪高速铁路究竟采用高速轮轨技术，还是采用高速磁悬浮技术的争议。"轮轨派"和"磁悬浮派"双方针锋相对，各抒己见。不过最终还是采用了高速轮轨技术，列车在 2011 年 6 月正式投入运营。

高速轮轨技术揭开世界高速铁路的帷幕始于 1964 年正式投入商业运营的速度为 210 千米/小时的日本北海道新干线。近年来，基于轮轨技术的高速铁路在世界范围内获得了令人信服的进展。2002 年年底，全球轮轨高速铁路的总里程已达到 5 435 千米，最高试验速度已达到 515.3 千米/小时。尤其是在日本和欧洲，每天有成千列采用轮轨技术的高速列车在运行，无论是机车、车辆、线路装备，还是指挥调度、安全监控和运输管理等，都已趋于成熟。2007 年 12 月 26 日，日本铁路公司宣布，该公司将投资 450 亿美元，在 2025 年建成从东京到日本中部（地点待定）全长 290 千米的高速铁路。

"轮轨派"认为，轮轨技术成熟可靠，而且突破了"极限理论"认为的不可能超过 200 千米/小时的最高速度——目前最高速度已逼近磁悬浮列车的设计值，还经受了 40 年时间的考验；磁悬浮技术不仅至今还没有长距离运行的商业化经验，而且还要经受长距离线路变化对路基土建要求的严峻考验。

"磁悬浮派"则认为，磁悬浮技术不存在轮轨之间的固态摩擦。这种先天优势，高速轮轨技术无法企及，加上它能安全地以 500 千米/小时的速度运行，最终甚至可以达到理论值 1 000 千米/小时，前景无限美好。磁悬浮列车线后期运行维护工作量小，不像轮轨系统那样，要经常更换大量易耗的零部件。

此外，建路必须算经济账。以建京沪高速铁路为例，据专家分析，高速轮轨铁路的总投资将突破 2 000 亿元（实际约 2 209 亿元），而建磁悬浮高速铁路线的总造价将高达 4 000 亿元。由此可见，不管最终采用哪一种技术，京沪高速铁路的总投资额至少相当于长江三峡工程那样的规模。

面对这样大的投资，广大公众心中自然会有不少困惑。这种先例是，1994 年德国议会批准的从柏林至汉堡的 283 千米长的磁悬浮铁路线，总造价为 129 亿马克。因为遭到国民的普遍质疑，孕育了 6 年的工程计划"流产"。

正值"轮轨派"和"磁悬浮派"激烈争论之际，有部分专家提出了"第三种观点"。他们认为，如今既有的京沪铁路线经过 5 次提速，速度已达 200 千米/小时，而且京沪高速公路也已

磁悬浮列车

开通，加上近年来铁路客货运量呈下降趋势，因此，何时修建京沪高速铁路还需要进一步论证。

京沪高速铁路还得考虑"与国际接轨"的问题，因为一些核心关键技术要从国外进口。

当然，磁悬浮列车还有许多竞争"对手"，下面就是其中两例。

从 20 世纪 80 年代初开始，由美国麻省理工学院牵头，研制"磁悬浮飞机"。它的工作原理与磁悬浮列车基本相同，只不过离轨道更高（8～15 厘米）、速度更快（平均达 550 千米/小时）、外形具有飞机的特点（例如有"牙翼"和"尾翼"）。

1:10 的气悬浮列车的模型试验，在 2002 年 10 月取得成功。它用压缩喷气保证列车离地运行，用涡轮发动机做动力，特点是距离轨道更近——仅 3 毫米，"有飞机般的速度"，又有"火车的运载能力"。负责这一研究的中国航天机电集团研究员杨学实，还因此取得

构想中的真空管道高温超导磁悬浮列车

了编号为"99100145.1"的国家发明专利证书。

磁悬浮列车还有"真空管道化"的构想。例如，2017年8月30日的一则报道说，中国正在开展"高速飞行列车"项目的研究论证，力争实现最大速度为4 000千米/小时的超音速"近地飞行"。在此前的2011年，西南交通大学赵勇教授的团队就研制出全球首个真空管道高温超导磁悬浮列车试验车。2016年1月，中国版"管道超级高铁"完成第一阶段调试。

我们相信，随着各种技术问题的解决，未来人类的交通工具会更加安全、快捷、舒适和环保……

此处"被动"胜"主动"
——夜视设备的新发展

夜幕降临了，偷袭开始了——20世纪80年代以来的几场局部战争大多都是在夜幕掩护下发动的：美国空袭利比亚、入侵巴拿马是在凌晨，以色列轰炸巴勒斯坦解放组织的总部是在凌晨，1991年1月多国部队的"沙漠风暴"行动又是在凌晨。

这难道是偶尔的巧合吗？不！

《三国演义》中的《大雾垂江赋》说，长江上的大雾能"返白昼为昏黄"，而现代的高科技却能"变黑夜成白昼"。

目前，不少发达国家的军队借助于各种高性能夜视设备，变成了"夜猫子"——晚上也能像白天那样行动自如。夜幕，已不再是装有夜视设备的军队执行战斗任务的天然障碍了。

在第二次世界大战期间，德国就研制出曾风靡一时的主动式红外夜视仪，战后也被各国军队广泛采用。

主动式红外夜视仪主动发出红外线，然后接受从物体上反射回来的这些红外线，再进行放大处理。这样，就可以区分物体和背景，看清物体的大小形状，还可以根据多普勒效应知道物体的运动方向和速度。

显然，主动式红外夜视仪具有致命的弱点——工作时必须主动发出红外线来照射目标，才能观察到目标。这种肉眼看不到的"红外线秘密"，极易被敌方的红外探测器发现而"引光烧身"。所以，主动式红外夜视仪在20世纪70年代以后，就逐步被新秀——微光夜视仪和被动式红外夜视仪所取代。

夜视仪下，一切都变得"光明"

1981 年，美国国际电报电话公司研制成功了微光夜视仪的心脏——"近贴式聚焦像增管"，能够把景物反射出来的微弱光线增强 100 万倍。

目前被军队广泛应用的、设置了像增管的微光夜视仪，被动地利用黑夜存在的微光进行工作，从而把微光环境中的景物看得"一清二楚"。在通常情况下，微光夜视仪能使一两千米的目标"一目了然"，远的可以达到 10 千米。

微光夜视仪的发展，和像增强管同步，经历了三代。第一代用的是"三级级联式像增管"，前面提到的"近贴式聚焦像增管"就属于这种。第二代用的是"微通道板式像增管"。

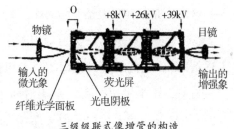

三级级联式像增管的构造

第三代用的是"半导体光电阴极像增管"，例如"砷化镓"阴极像增强管就属于这种。

那么，"伸手不见五指"的黑夜一定有微光吗？有的。

大自然的"暗中之光"主要有以下四部分。

照射持久的极光。白天的紫外线，把大气上层里的氧、氮以及其他分子分解成碎片；到了夜间，这些分子碎片重新结合，发出带有一点色彩的近似绿色的光。因为十分微弱，人的视网膜无法感知。

穿越大气的散射光。大部分散射光出现在白天，但在夜间散射光也可能十分明显，特别是满月期间，整个夜空因为散射的月光呈现淡淡的蓝色。那"蓝蓝的夜"的歌声，也许就是为此而唱的。

黄道（带）光。运行于太阳与木星之间的尘粒反射的太阳光，就是黄道（带）光，也就是波斯诗人和数学家、天文学家奥马尔·海亚姆（约1048—约1122）所说的"伪黎明"。这种白色的光照射时间十分短暂，在黄昏时分则出现在西部天际，呈上尖下宽的锥形；

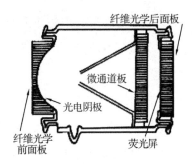

微通道板式像增管的构造

而在黎明时分则出现在东部天际。在乡村，尤其在热带地区，黄道（带）光很容易看到。

太阳系恒星群的光亮。恒星们微弱的星光汇聚在一起，就形成了自古以来就称之为"银河系"的奇异光带。

目前，微光夜视仪已经发展到第四代。它采用了门控电源和低晕圈，不但能在云遮星光的极暗条件下有效工作，而且能在包括黄昏和拂晓的各种昏暗的条件下工作。它的用途非常广泛：微光瞄准器、微光驾驶仪、

海亚姆

微光潜望镜、微光空中侦察器、微光照相机、微光电视……

其中的微光电视，是20世纪60年代后期发展起来的一种通过监视器间接观察目标的夜视设备，可清晰地观察图像。在良好的气象条件下，作用距离可达几千米，甚至十几千米，适于在远距离观察、遥控摄像时使用。

利用微光工作，有便于隐蔽、不易暴露等优点，但也有易受周围环境和恶劣气象条件的影响及易受微光强弱不一定的影响等缺点。

那么，是否有既不容易暴露自己，又能"全天候"工作的夜视器材呢？有，这就是方兴未艾的红外热像仪。

由于任何物体都要不断地向外辐射红外线，所以通过接受这些红

外线，再进行光电转换并把它放大，就可以把物体显现出来。这就是所谓"热成像"原理——被动式红外夜视仪就是根据它制成的一种"热像仪"。

被动式红外夜视仪是现代战场上一种理想的、应用日益广泛的夜视设备。它既可用于坦克、装甲车辆的夜间驾驶观察，又可用于夜间对目标的跟踪和射击，还可用于飞机的导航、空中侦察和高空摄影。它与各种武器系统配合起来，将大大增强武器系统在夜间搜索、跟踪和打击目标的能力。由于它在飞机上的广泛使用，大大提高了作战飞机实施黑夜攻击的能力。

但因为红外线有较强的穿透力，能传播很远的距离，所以主动式红外夜视仪在恶劣环境中（例如浓雾）也能"照看不误"。这是微光夜视仪没有的优点。这一优点使主动式红外夜视仪还没有完全退出历史舞台——在军事侦察、公安消防和环境保护方面还发挥着特殊的作用。

当今的透视技术可以让神话中的神仙们自叹不如。例如在 2008 年，英国就发明了一种远程摄像头"T5000"，可在 25 米外清晰地探测到人们在衣物下藏的物品，且不会损害人体和暴露人体隐私。"T5000"捕捉目标物体发出的"太赫兹波"（波长在微波和红外线之间，这里的"太"是"太拉"的简称，代表 10^{12}）来完成探测——用的也是被动成像技术。

从羊皮带到光量子
——密码一路走来

第二次世界大战硝烟弥漫。在太平洋战场上，日美双方没有真枪实弹的密码战也如火如荼。

1943 年 4 月，日本联合舰队总司令山本五十六将要飞越太平洋的绝密电报，被美国专家破译——最早破译情报的是当时在重庆的中国谍报密码破译专家池步洲（1908—2003）。4 月 18 日，美国 16 架闪电式战斗机在太平洋上空将日本强盗山本的座机摧毁，使其葬身鱼腹。

美国还在中途岛海战中破译了日本的密码，使日本 4 艘航母、1 艘巡洋舰被炸沉，330 架飞机、几百名经验丰富的飞行员和机务人员葬身鱼腹，而美国只损失了 1 艘航母、1 艘驱逐舰和 147 架飞机。从此，日本丧失了在太平洋战场上的制空权和制海权。

池步洲

....

密码，一个和我们形影不离的名词：从电话卡到银行卡，从电脑开机到网上"寻'亲'觅'友'"……

如果没有密码（和卡），"e 时代"的我们，就要到处被卡。

其实，密码并不是现代人的专利——3 000 多年前的古人，就有了保密意识，密码也就应运而生。那么，我们的故事就从古人说起。

"将军，请看……"斯巴达人派遣的一名奴隶把一条羊皮带（图

1）高举过头，递给在前线的莱桑德将军。

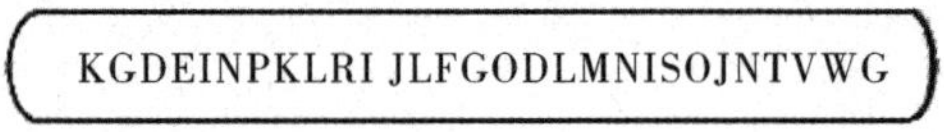

KGDEINPKLRI JLFGODLMNISOJNTVWG

图 1

莱桑德把这封"羊皮带天书"缠绕在一根木棍（图2）上。"天书"变成了"明文"：Kill King（斩除暴君）！

K I L L K I N G

图 2

显然，莱桑德的"密钥"是"羊皮带缠木棍"。

把一条约1厘米宽、20厘米长的羊皮带子，螺旋形地缠绕在一根适当粗细的木棍上。然后，把要传递的字符沿木棍纵轴方向，从左到右写在羊皮带上。写完一行后，把木棍旋转90°，再从左到右写，直到写完。最后，把羊皮带从木棍上解下来，让它自然舒展开。

这样，羊皮带上的字符就是一段密码——斯巴达人的密码。显然，信息接收人"解密"的方法正好相反。

这里提到的斯巴达，是约公元前10世纪多利亚人开始建立的、古希腊的一个城邦。

显然，斯巴达人的密码简单而原始，无法适应日益发展的各个领域的需要。

古罗马的奥古斯都·凯撒大帝（公元前27—公元14）则把从 A 到 Z 的26个拉丁字母，分别编为0到25个数字，用来传递密码。举例来说，用（4，0，18，19）这四个数字，就可以加密"east"（东方）。

法国密码专家维吉尼亚改进了凯撒大帝的方法，发明了另一种密码——除了对拉丁字母同样编号，还加了一个英语单词做密钥。

由于以上密码都容易被破译，所以利用复杂数字串的密码应运而生。

1918 年，美国数学家吉尔伯特·维纳姆发明了一种"一次性密码"。他用毫无规律可循的数字或字母来替代情报中的若干个字；而在以后发送情报的时候，就不再重复使用这套程序，所以被称为"无懈可击的密码"。

显然，维纳姆的密码也是"有懈可击"的。因为每次发送情报，都必须重新设定程序，并把密钥告诉解密人；而这个"告诉"，又必须保密，这就又多了一把密钥。

这种"重复加密"的方法很麻烦，以至于在第二次世界大战中，德军的一次情报被英国人破译。原因是，德军的一次疏忽——重复使用了前一次的密钥。

第二次世界大战中的密码战惊心动魄。当时，纳粹德国拥有一种世界上最先进的"谜"（ENIGMA，直译"恩尼格玛"）密码机。德军曾断言，"谜"绝对可靠，因为最出色的数学家也需截获大量电文，并进行几个星期的研究之后，才能破译一个密码，而到这个时候，所获得的情报已毫无价值；而且，只需调节一下转子和插头，"谜"瞬间就可产生无数不同的密码。由于"谜"的性能复杂，即使被敌方缴获，也无关紧要，因为除非对手了解变化无穷的调节程序，否则毫无用处。

英国著名数学家、"当代电脑之父"图灵领导的专家小组，却最终破译了这个"谜"。他们设计了一架名叫"终极"（ultra）的破译机，来专门对付"谜"。它能自动模拟"谜"的电路，而且解密效率高。"终极"破译了大批德军密码，德军却一直被蒙在鼓里。

1943 年 6 月 6 日正式投入使用的"巨人"（Colossus），是世界上第一台电子计算机。它在第二次世界大战中秘密破译了大量德军的密码。进行这项工作的，也是图灵和他的同事们。早在 1939—1942 年英国在大西洋的战争中处于劣势的时候，图灵就用他的数学天赋和创新理论，成功地破译了纳粹德国 U 形潜艇的密码，使盟军转危为安并最终获胜。

用电脑破译密码不仅用于战争，也用于考古等其他领域。

在英格兰的索尔兹伯里，有一些巨大的石柱。为了破译它的形成年代，一位乐于考古的美国天文学家——出生在英国的杰拉尔德·斯坦利·霍金斯（1928—2003）用电脑分析了石块的排列规律，得知它

有 4 000 多年的历史。这位
1949 年毕业于英国诺丁汉大
学，在 1957 年成为美国波
士顿大学天文系系主任的教
授（1964 年起），在 1965
年出版了驰名大作《破译巨
石阵》 （*Stonehenge Deco-*

巨石阵，英国的地标之一

ded）。不过，他在该书中认为巨石阵是一座史前天文台的观点，却被
考古界质疑。此前，巨石阵一直被看作是一个原始的寺庙。

无独有偶，古埃及的阿赫纳坦法老也给后人留下了"砌块密码"。
这位只信奉太阳神的法老，在距今 3 000 多年前用 8 万多个石块，修建
了一座供奉太阳神的大庙宇。他死后，由于埃及人反对他的独神主张，
信奉多神教，就把这座庙拆了，并用一部分石块砌成安抚其他神灵的
设施。后来，有人想用剩余的 35 000 个石块砌成阿赫纳坦的太阳神大
庙宇的"小样"，但由于不知道"原样"，无从下手。后来这个"砌块
密码"，也是借助于电脑解开的。

为了使密码更加安全，数学家们想到了素数。

1977 年，三位美国数学家、密码专家里维斯特（1947— ）、沙
弥尔（1952— ）和阿德勒曼（1945— ）发明了用素数因子分解巨
大数字的原理，来为网络加密以提高网络的安全系统——RSA 密码编
制系统。这种密码的魅力在于，即使敌方知道了密钥，也很难破译密
码。于是，它有了一个漂亮的名字——"公开金钥加密法"（public -
key cryptography）。

为什么知道了密钥也很难破译呢？因为，要计算两个大素数的乘
积是很容易的，但要把这个乘积分解成两个大素数相乘，就极其困难
了。有多困难呢？我们有下面的实例。

要想找到 167 位数的素数因子，就必须计算 $\sqrt{167} \approx 13$ 位数以下的

每一个数，能不能去整除这个 167 位数。这就要做大约 10^{13} 次运算——即使平均 1 秒钟能做 1 次运算，也要约 32 万年！这里，每年以 3.15×10^{7} 秒计算。

当然，实际计算的次数比 10^{13} 次少得多，这是因为不需要计算 13 位数以下的每一个数。例如，已经计算了"2"不是这个 167 位数的素因子，就用不着再计算"2"的倍数 4，6，8，…是不是它的素因子了。又例如，已经计算了"3"不是这个 167 位数的素因子，就用不着再计算"3"的倍数 6，9，12，…是不是它的素因子了。即使如此，估计用的时间也不会少于几万年——除非你走了好运，在计算开始后不久就偶然找到了这个素因子。

事实上，美国数学家塞缪尔·斯坦德菲尔德·瓦格斯塔夫（1945— ）和他的同事们，于 1997 年在印第安纳大学就花了 10 万机时，才把这个 167 位的大数 $(3^{349}-1)/2$ 分解为两个大素数（各为 80 位和 87 位）的乘积；而过了这么长的时间以后，破译的密码已经毫无价值了！

在此前的 1995 年 4 月 25 日，600 多位专家用 1 600 台电子计算机，持续 8 个月时间，才把一个 129 位数分解为两个大素数的乘积，从而获得 100 万美元悬赏。从事这项工作的科学家们说，它的难度比"找到空中步行的方法"还大。解决这个 17 年悬而未决的问题，所得到的密文是：The magic words are

被分解为两个大素数的 129 位数

squeamish ossifrage（不可思议的语言是神经质的秃鹰）。这个问题和这 100 万美元，就是前述里维斯特等 3 人在 1978 年提出并悬赏的。

这就是 RSA 系统用了 20 多年，至今依然在许多政府、商业等方面的网络之中广泛应用的原因。

但由于量子信息时代的到来——特别是比当前笔记本电脑计算速度快 100 万倍的量子计算机，可以飞速地进行惊人的高难度因子分解，上述依赖数学的保密措施都可能失效。这正如在 2015 年被"罕见地"选为英国皇家学会会员的英国物理学家——布里斯托大学电子及电机工程系教授约翰·瑞诺堤所说："如果量子计算机成为现实，一切都将改变。"所谓量子计算机（quantum computer），

瑞诺堤

是指遵循量子力学规律进行高速数学运算和逻辑运算、存储及处理量子信息的这类物理装置。不过，量子计算机的持续计算速度也有极限，估计不会超过 10^{19} 次/秒。

1982 年，美国物理学家理查德·菲利普斯·费曼（1918—1988）——1965 年诺贝尔物理奖的三位得主之一，首先在一个著名的演讲中提出利用量子体系实现通用计算的想法。1994 年，当时在贝尔实验室工作的计算机科学家彼得·威利斯顿·秀尔（1959—   ）证明量子计算机能完成对数运算，而且速度远胜于传统计算机。这是因为量子不像半导体那样只能记录 0 与 1，而是可以同时表示多种状态。2007 年 2 月，加拿大 D－Wave 系统公司（D－Wave System Inc）宣布研制成功 16 位量子比特的超导量子计算机，但其作用仅限于解决一些最优化问题，与科学界公认的能运行各种量子算法的量子计算机有较大区别。2013 年 5 月，该公司宣称，美国国家航空航天局（NASA）和"谷歌"共同预定了一台采用 512 量子位的 D－Wave Two 量子计算机。2017 年 5 月，中国科学院在上海举行新闻发布会，宣布世界首台量子计算机在中国诞生，它对某些特定问题的处理能力，可以超过"神威·太湖之光"超级计算机。

2004 年 8 月，在美国圣巴巴拉召开的国际密码大会上，中国女密

码专家王小云（1966—　）宣布，她领导的小组在近年就首先破译了4个在世界上著名的密码：MD4、MD5、HAVAL－128 和 RIPEMD。这是在量子计算机诞生之前的重大成果。王小云也因此项成果与她的其他成就，在 2017 年被选为中国科学院院士。

于是，基于"单纯靠数学保密已是黔驴技穷"的理念，科学家们把目光转向物理学——量子密码进入了"倒计时"。

美国科学家威斯纳利用量子力学中的"海森堡测不准原理"，以及这个原理的一个推论"单量子不可复制定理"，逐渐建立了量子密码的概念。1970 年，他提出了用"单量子不可复制定理"来制造防伪"电子钞票"的设想。虽然最终败走麦城，但已经成为研究量子密码的起点。

爱因斯坦曾经预言，粒子之间有"神秘的远距离活动"（或"幽灵般的超距作用"）：即使相隔天渊，它们也会"心有灵犀"——互相联结，反映对方的状况。这就是所谓"量子缠绕"现象（特性）。2002年，英国的一期《新科学家》杂志报道，美国科学家已经证实了"量子缠绕"即"量子纠缠"（quantum entanglement）现象。在 2016 年 3 月初，欧洲科学家在量子物理学中取得里程碑式的进展：在实验室中发现了光子在三维空间发生量子纠缠。

量子密码就是根据"量子缠绕"特性，基于"海森堡测不准原理"和"单量子不可复制定理"来完成的。所以，量子密码"绝对安全"（比传统加密方式的安全性提高 100 万倍以上）。

2004 年 8 月 19 日出版的英国《自然》杂志报道，维也纳实验物理研究院的柴林格等，已经在多瑙河底的下水道的光缆中完成了距离为600 米的光量子信息传输。这次研究就是为了让量子密码能越过大陆或大洋。IBM 公司华生实验室的科学家班奈特，也在紧锣密鼓地做发明量子密码的实验研究。

不过，利用量子通信来传递量子密码的传输距离面临许多困难

——例如通过大气传递信号的时候，空气分子会把量子一个个弹向四面八方。但是，科学家们坚信，在不久的将来，量子密码就会进入实用阶段。

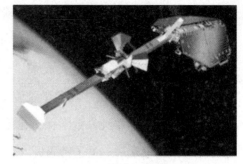

"墨子"号量子科学实验卫星

可不是么，中国科学家就带来了世界领先的好消息。2016年8月16日，世界首颗量子科学实验卫星"墨子"号升空。2017年8月30日，全长2 000多千米的国家量子保密通信"京沪干线"项目通过验收，连接北京、济南、合肥、上海等的量子城域网，完成了金融、政务领域的远程或同城数据灾备系统、金融机构数据采集系统等应用示范。2017年9月29日，中国和奥地利科学家在北京和维也纳之间进行了世界首次洲际量子保密视频通话："你好！"

当然，普及性应用甚至向消费者开放量子通信，还需要更长的时间。

火箭能飞出地球吗
——"自带""大气"遨游宇宙

走进美国马里兰州的戈达德空间飞行中心，就会看到一块铜牌，上面镌刻着戈达德的一句名言："很难说什么事情是办不到的，因为昨天的梦想，就是今天的希望，明天的现实。"

戈达德是何许人，为什么这个空间飞行中心要以他的名字命名，他说的"事情"指什么，又为什么要让这句激励我们把"昨天的梦想""今天的希望"变成"明天的现实"的话回响在耳边？

这一切都得从头说起。

从1903年莱特兄弟试验飞机以后，人类就进一步实现了"航空梦想"，但是，人类并不满足于"送我上青云"，还想"越飞越高"——如像嫦娥那样奔月，实现"航天梦想"和"宇航梦想"。

当然，这个古人——如曾任中国明代副总兵的茅元仪（1594—1640）就有的梦想，不仅见诸法国的儒勒·凡尔纳（1828—1905）和其他科幻作家的笔端，而且"理论宇航之父"、俄罗斯科学家齐奥尔科夫斯基（1857—1935）在20世纪初，就做了科学的理论预言："地球是人类的摇篮，但人类不可能永远被束缚在摇篮里。开始他将小心翼翼地穿出大气层，然后就去征服整个太阳系。"

梦想也好，科学的理论预言也罢，人们却很讲"实际"——年复一年地等待着"用事实说话"，然而他们等到的，除了失望，还是失望。

那么，人们为什么等到的是除了失望还是失望呢？一些专家又为什么在发明了飞机之后还会对火箭飞出大气层说"不"呢？

齐奥尔科夫斯基

原来，飞机在地球大气层中飞行，是靠大气因为"伯努利原理"引起的升力和发动机的动力，来分别升空和飞行的；而在大气层之外，没有了大气，飞行器就不可能获得升力和动力了——当时"不少的人"就正是根据这个"自然规律"，来断言火箭不能飞出大气层的。这些人的错误在于，没有考虑到动量守恒定理。事实上，火箭向后排出的炽热气体的动量，会使火箭产生向前的动量，正是这种动量才使火箭向前飞行。这里提到的伯努利，是指瑞士伯努利数学家族中的丹尼尔·伯努利（1700—1782）。他在 1738 年出版的《流体动力学》一书中，提出了著名的伯努利原理——简述为"速度大的流体压力小"。

认识到动量守恒定理能让火箭飞出大气层并付诸实践，就摆在开拓创新者们的面前；而在付诸实践之前，人们当然只有失望。

在这些开拓创新者中，就有我们提到过的现代航天学奠基者之一、美国物理学家和火箭专家罗伯特·哈钦斯·戈达德。

说起戈达德，还有一段"墙内开花墙外香"的故事。

戈达德

"你们为什么不去问问你们的戈达德？我们所做的一切，都是从他那里学来的。"在第二次世界大战结束前夕，一批德国火箭专家被俘虏到了美国。当美国情报专家询问他们有关火箭技术问题的时候，他们感到非常奇怪，就这么回答。

看来，戈达德是何许人，美国政府知之甚少。这又是为什么呢？

1882 年 10 月 5 日，戈达德出生在马萨诸塞州的伍斯特，他小时候体弱多病、性格内向。科幻小说对他的影响，使他从青少年时代就开始迷恋于空间旅行。他于 1908 年在伍斯特理工学院毕业并留校教物理学之后，又于 1910—1911 年在克拉克大学任教并获得物理博士学位。从此，他就开始了火箭推进理论的研究。

1918 年 11 月，戈达德试验了一枚固体燃料火箭。

1919 年，戈达德出版了他的名著《到达极高空的方法》。

1926 年 3 月 16 日这个寒冷的下午，戈达德进行了他的火箭发射——人类第一次真正意义上的火箭发射。一个简易的金属管发射架上面放着他的液体燃料火箭——长约 3.05 米，直径约 15 厘米，装有一个发动机和喷嘴。在他的妻子担任记录员和 4 个助手的帮助下，他启动发动机后迅速地躲在一边，刹那间出现了一连串爆炸声，火箭在 2.5 秒钟内升高约 12.5 米，射程约 56 米。

只有戈达德和他的助手认识到，这次发射的意义与莱特兄弟 1903 年的首次飞行同样重要——尽管这枚火箭更像一种玩具，但它却是今天的火箭的祖先。

…………

戈达德的工作并不为公众所理解。曾经给予他少量研究经费的史密斯学院院长，表示过失望。报纸把他讽刺为"月球上的人"。他在 1929 年发射的另一枚液体燃料火箭所引起的噪声，甚至使当局下令不准他再在马萨诸塞州进行实验。

不过，戈达德坚信，只要火箭的动力足以克服地球的引力，火箭就有可能飞出大气层。

在这关键的时刻，第一个（在 1927 年 5 月 20—21 日）只身飞越大西洋的美国空中英雄林德伯格（1902—1974，也翻译为林白）拜访了戈达德，他深为这项工作的巨大意义所感动，并说服百万富翁丹尼尔资助戈达德。在得到充足的经济支援后，戈达德于 1929 年在新墨西哥州建立了实验站——建造更大的火箭，制定火箭的技术规范，第一个将陀螺仪应用于火箭定向，第一个在火箭发动机中使用导向叶片，第一个发射超声速火箭……

在火箭技术中，戈达德一共获得了214项专利。奇怪的是，美国政府对戈达德的工作从来没有真正感兴趣过——也许，他们也认为戈达德仅仅是一个想"飞出大气层"的"疯子"。

1945年8月10日，有些保守、为人多疑和喜欢独来独往的戈达德，在工作和忧虑的压力下，因患喉癌在马里兰州的巴尔的摩去世。

当美苏两国展开激烈的太空竞赛，当第一枚火箭成功飞出大气层的时候，人们才开始缅怀这位火箭和宇航技术的开拓者。美国还为此发行了一枚纪念邮票，上面有戈达德的头像和腾空而起的火箭。

1977年8月和9月，美国"大力神"号运载火箭先后把两个"旅行者"号探测器送往太空，分别探测木星和土星

科学家们还在火箭的燃料、结构和其他方面做了许多改进和创新，最后才有了现代火箭。

为现代火箭做出重大贡献的，还有许多科学家。例如，美国的火箭专家多恩伯格（1895—1980）和他的主要助手冯·布劳恩（1912—1977），又如苏联的科罗廖夫（1907—1965）。

火箭的发明给我们的有益启示是，科学的发展需要有知识广博的科学家，但他们不能囿于已有的知识和陈旧的科学观念——重大成就都是打破旧观念之后破土而出的。

易碎 "china" 与碳的革命
——两院士的 "坚强如钢"

"啪！"

"糟啦！"威尔斯泰特（1872—1942）回头一看，他的一只珍贵的瓷瓶被打碎了。

说起瓷器，可是西方从达官贵人到平民百姓近几百年来梦寐以求的中国珍宝，所以在英文中，瓷器的 "china" 就是中国 "China"。何以见得？相传明朝的一个皇帝为招待西方各国使节举办了一次宴会，可宴会结束以后却有 580 只普通的瓷餐具不翼而飞，而其他的珍宝都"金瓯无缺"。调查结果是它们被这些使节 "袖卷而去"！

那么，精致瓷器收藏者、德国化学家威尔斯泰特为啥这么 "不小心" 呢？

原来，他当时正和另一位德国化学家哈伯（1868—1934）在他的房间里练习倒着走路。

他俩何苦要练习倒着走路呢？

原来，"发现植物色素和叶绿素化学结构" 的威尔斯泰特和 "发明合成氨方法" 的哈伯，盼望着国王的接见——为了表示对陛下的尊敬，得倒退着走出来。于是，两个 "志同道合" 的科学家就 "未雨绸缪"——练习倒着走了。

后来，威尔斯泰特和哈伯都没有得到国王的邀请，但他俩却没有 "瞎子点灯——白费蜡"：当威尔斯泰特和哈伯分别独享 1915 年与 1918 年诺贝尔化学奖，从瑞典国王手中接过奖品的时候，就熟练地倒着走了出来，完成了一次"实战"。

瓷器的许多优点无须赘言，而它易碎的缺点，在漫长的岁月中一直没有弥补——"瓷器易碎"已经成了"定式"。

可是，瓷器易碎的"定式"，在 20 世纪末成了"老皇历"。

2005 年 3 月 28 日上午，北京人民大会堂掌声雷动。2004 年的国家最高技术发明奖等五项国家级科技大奖，在这里颁发。荣获国家最高技术发明奖一等奖的是张立同和黄伯云各自领导的项目。

1938 年出生在重庆市的中国工程院院士张立同，是西北工业大学教授，长期致力于材料科学领域的研究。她领导的课题组所完成的"耐高温长寿命抗氧化陶瓷基复合材料应用技术"就是摘取上述大奖的项目。

1991 年初，在美国作为高级访问学者从事空间站结构材料研究的张立同，回到了西北工业大学。近两年的国外研究经历，以及对航空航天材料发展新趋势的判断，使她提出了陶瓷基复合材料研究的新方向，逐步坚定了发展"具有类似金属断裂行为的连续纤维增韧高温陶瓷基复合材料"的决心和占领这一高技术领域的信念。

1998 年年底，张立同小组终于制备出第一批性能合格的试样，1999 年突破了一系列核心关键技术。现在，这种材料的性能达到了国际先进水平，从此打破了西方国家对我国技术和设备的封锁。我国一跃成为继法国和美国之后，第三个全面掌握碳化硅陶瓷基复合材料制造技术及设备的国家。这种技术在军民两用领域具有广泛应用前景，潜在市场每年约 10 亿元。

利用这一技术研制的连续纤维增韧碳化硅陶瓷基复合材料，在国际上被公认为是反映一个国家先进航空航天器制造能力的新型热结构材料。它比铝还轻、比钢还强、比碳化硅陶瓷更耐高温、抗氧化烧蚀，而且克服了陶瓷的脆性，不会发生突发灾难性破坏。用它替代金属材料，目前可节约航空航天器燃料 20% ~ 30%，满足了航空航天器向高速度、高精度、高搭载和长寿命发展的需求。产品的价格与传统金属相当，解决了"用不起"的问题。

从研究方向的选择、新理论的提出，到关键技术的突破、最终能够实际应用，这期间充满着他人难以体会的艰辛与曲折。是"十年一剑"铸就辉煌，"血汗浇来春意浓"。

张立同在科研中

面对鲜花和掌声，张立同院士及其团队表示，辉煌只是过去，要"而今迈步从头越"。

1945年出生在湖南省南县的中国工程院院士黄伯云，从2001年12月起，就担任中南大学校长。

黄伯云领导的团队，发明了由"高性能碳－碳航空制动材料的制备技术"制备的新耐磨材料。这也是10多年辛勤劳动和坚持不懈的结晶。例如，在2000年有人在久攻不克准备放弃的时候，他就用八个字做了回答："永不退却，勇往直前。"

新耐磨材料在电子、通信、机械和国防等行业有广泛应用。例如，用它实现了某型号飞机刹车材料的国产化，用它制成的产品的性能和使用寿命都优于国外同类产品，满足了国防建设的急需，也为国家省了大量资金——例如进口一个飞机刹车片，原来要3万元，现在就减了一半。

黄伯云和张立同的获奖，填补了这个奖项此前连续6年一等奖空缺的尴尬局面。

国家技术发明奖有缺一不可的三个硬性标准：重大发明成果，有原创性或创新；已经实施转化和产业化，有比较显著的经济和社会效益；取得了发明专利授权。可见这个一等奖虽然不是"皇女招驸马"，非得万里挑一，但是如果不突破传统的思维和行为方式，没有创新，可是当不上"驸马"的。

同样，正如出生在泰国的中国工程院院士、清华大学吴佑寿（1925—2015）教授所说，制约我们获得诺贝尔科学奖的关键因素，在于缺乏创新精神。

黄伯云（右二）和学生进行网上交流

有了创新精神和持续的努力，不但杨振宁（1957）、李政道（1957）、丁肇中（1976）、李远哲（1986）、朱棣文（1997）、崔琦（1998）、钱永健（2008）、高锟（2009）这 8 位华侨华人，获得了诺贝尔科学奖，中国本土的科学家——屠呦呦（2015）也一样"蟾宫折桂"！